D+

dear+ novel

dorian gray no kinjiraretaasobi

ドリアン・グレイの禁じられた遊び

菅野 彰

新書館ディアプラス文庫

ドリアン・グレイの禁じられた遊び

contents

illustration : 麻々原絵里依

ドリアン・グレイの禁じられた遊び

生まれたときから傍《かたわ》らにいた少年と、真夏の駅の硬いベンチに座っている夢を。
少年の姿のまま銀河鉄道に乗っている夢を。
近頃あまり、見なくなった。

広く美しい庭も一息つく十一月の夕暮れは、限りなく淡い蒼の濃淡だ。

そろそろ十二月の声を聴くけれど、庭は光に満ちている。

「白洲《しらす》先生に、ご自宅でインタビューさせていただけるなんて夢のようです。何もかもが神秘のベールで包まれていましたのに、まさかお引き受けいただけるなんて」

身綺麗《みぎれい》なしかし華美ではない知的な女性が、鎌倉《かまくら》の古い洋館のリビングで言った。

「……恐らく、一番纏《まと》うべきベールを落としてしまったからでしょうね。お引き受けしたのは」

白洲先生と呼ばれた、筆名白洲絵一《しらすえいち》、本名神代双葉《かみしろふたば》は、文壇のヘルムート・バーガーと名高い美貌を憂いに包ませた。

この館は、大正時代に海外の建築士により設計され着工されたものを十年以上前に双葉が買い取り、丁寧《ていねい》に美しい住まいにした。

八角形の部屋に貼られた波打つガラスは可能な限り当時のままに残して、一部をステンドグラスにして補強している。腰かけている色褪《あ》せた緑色の布を張り直したソファの木枠には、きれいな花が彫ってあった。

「それは僕にとって、とても大切なベールだった気がします」

頭上にあるシンプルな乳白色のシャンデリアは、選び抜いたアンティークのガラスシェードだ。エミール・ガレにしたかったが、それでは過ぎていると思って双葉はガレは花瓶を置いた。過ぎていることを、双葉は好ましく思わない。

灯りの代わりに置いた、窓からの光が差すガレの花瓶も乳白色で、藍色の蜻蛉《とんぼ》が立体的に浮いていた。

その花瓶には、庭に咲く白に近い桃色の山茶花《さざんか》が飾られている。庭から切って活けたのは双葉だが、丹精して庭を肥やし山茶花を咲かせたのは双葉ではない。

「さすが、表現がとても美しいです。それに……絵のように素敵なお二人」

二人、と。

双葉の向かいのソファに掛けている、インタビューを終えた編集者の女性は言った。

「ベールが落ちたのー？　なんかあれみたいだよね、鶴の恩返し」

ね！　と明るい声で自分の背後にいる背の高い青年が笑うのに、双葉がまたため息を吐く。

「帰れないよ、もう。たいへん」

何処《どこ》までも朗《ほが》らかな声を聴かせるのは、金髪にサックスブルーのシャツを着て濃いグレーのスーツを纏った。

纏った。

とにかく纏った、そろそろ新人と言えなくなってきたが新進気鋭にも程がある時代小説家、伊集院宙人《いじゅういんそらと》だった。

双葉のソファの背に両手をついて、「どこにも帰らないでね！」と笑っている。

「……っ……」

絵のように素敵なお二人と言ったはずのインタビュアーが、堪え兼ねて吹き出した。

咄嗟《とっさ》に、双葉が反射で彼女を、見るものを凍らせるほどの冷徹なまなざしで見つめてしまう。

「申し訳ありません！」

せっかく作家白洲絵一が館に入れてくれてその上愛人と同席までしてくれたのに、その愛人を笑ってしまったと、とんだ失態に女性は平身低頭謝罪した。

「彼を笑っていいのは」

自分だけだ。

そう、双葉は言葉にしそうになった。けれど自分は決して、彼を笑ったりしない。よく考えたらなんと出会ってから一度も宙人を嗤《わら》ったことがない。

そうすると、世界に彼を笑っていい者がただの一人もいなくなる。それでは宙人は成長しないし、彼には作家として社会人として笑われるべきところも、笑われるべきことも大いにあるはずだ。

「いいえ。どうぞ、存分にお笑いください。僕の若い愛人を」

心の中では整理がついた上での発言だったが、もちろん編集者の表情は凍り付くばかりだった。

「……ええと。それでは、お名残り惜しいですが私はこれで失礼いたします。カメラマンも帰りましたし」

文芸誌に掲載される白洲絵一の新作が「家」を題材にしているので、パートナーとご一緒のところを是非《ぜひ》と駄目元で依頼して仕事を成し終えた女性は、もう会社に戻ってとっとと記事を纏めたいと荷物を畳んでいる。

「すみません。一つ気になっていたんですが。これはなんですか？」

彼女が鞄《かばん》に入れようとした表紙のラフが気に掛かって、双葉は尋ねた。

「白洲先生、目ざといですね。お恥ずかしいですが、有体《ありてい》に言うとダイエット記事です」

双葉が指した先には、「文学で痩せる」という少々陳腐《ちんぷ》に思える言葉があって、女性が面目なさそうに説明する。

「文芸誌にですか」

彼女が恥じた通り、双葉は自分にとってはホームともいえる文芸誌でダイエット記事とは、些《いささ》か軽薄ではないかという気持ちがあった。

「需要があるんです。主に女性からなんですが。ご自身が痩せたいのではなくて、かつて素敵な文学青年だった夫をなんとか文学の言葉を借りて痩せさせたいと、アンケートでの要望があったもので。実のところ我々もおもしろいという気持ちがあってのことなんです。何より健康にかかわりますから、元気に読書をしていただかないと」

説明を重ねられて、それはなるほどと双葉にも興味深い。

「確かにおもしろいことはおもしろいですね。文学青年というのは、痩せている必要はありませんが何か魅力があるものでしょう」

「ええ、まさにそうなんです。なので痩せるというのは安易なのですが、文学の力でなんとか夫を元の姿に戻せないものかと。男性は中年期に恰幅《かっぷく》がよくなると戻らない場合が多いですからね。節制なさらない方が多いんです」

女性目線での男性についての評に、他人の男というものを最近まであまり知らなかった双葉は、もう一度深くなるほどと頷いた。

「白洲先生も伊集院先生もいつまでもとても素敵ですよ」

お二人には無関係な記事です、と言い残して彼女が立ち上がる。

「伊集院先生は時代小説家でいらっしゃるので、うちは専門ではないですが。インタビューでもお話しさせていただいた通り、最新作がとても読みやすくて。僭越《せんえつ》ですが、作家として羽ばたいてらっしゃいますね。これからが楽しみです」

嫌味ではなく真摯《しんし》な言葉を、ふと彼女は宙人に渡した。

「ほめられた。ありがとうございます！　もっとがんばります!!」

宙人の最新作はこの館に通いながら書いたもので、評価されていることは双葉も知っている。

「そうだね。もっとがんばりなさい」

どうしたことか伊集院宙人の日本語が読みやすくなっているという評判は、双葉もとても気に入っていた。ましてや愛人であり教師でもあると知れ渡っている今、宙人への教育はほとんど日本の国語教育への責任と言える。

「もちろん白洲先生の飛躍は語り尽くせません。では私は失礼いたします。恐縮ですからお見送りは結構です。鍵だけ掛けていただけましたらそれで」

手土産《てみやげ》もきれいな無花果《いちじく》のタルトだった彼女は卒《そつ》のない有能さを遺憾《いかん》なく発揮して、深く頭を下げると言葉通りリビングを出て行った。

「俺、お見送りして鍵かけてくるね」

もうすぐ夜だし、と、白洲絵一の若い愛人として世界中に知れ渡ってしまった金髪、いや宙人が彼女を追って玄関に行く。

作家、白洲絵一。

このインタビューの時間呼ばれ続けたそちらの名前の方が未《いま》だ、神代双葉自身にさえ全く馴《な》染《じ》む名前だった。

玄関で元気に挨拶《あいさつ》をしている宙人の声が、リビングにも届く。やがて行儀のいい時間から解放されたとでも言いたげな足音が、元気に戻ってきた。

「あの人持ってきてくれたタルト、めっちゃおいしかったね！」

双葉が着るものを全て任せている浮嶋《うきしま》という老人に、上から下まで誂《あつら》えさせたシャツの襟元を窮屈《きゅうくつ》そうに開けて、様々な意味で若すぎる愛人がリビングに入ってくる。

「ね、双葉さん」

双葉はずっと本当の名前を棄てたまま自分でも忘れかけてさえいたので、宙人に本名を教えてまだ五ヵ月足らず、双葉と呼ばれる度新鮮な驚きがあった。

よだかは実にみにくい鳥です。

その一文で始まる宮沢賢治《みやざわけんじ》の「よだかの星」のよだかは、自分の名前を守るために蒼く燃える美しい星になった。

「君は」

双葉はよだかのように名前を少しも大切にしなかったのに、宙人は必死に名前を取り戻そうとして過ぎるくらい声にする。

「なに?」

「少し、恰幅がよくなったね」

無邪気に返事をした、自前のいつもの髑髏《どくろ》がいるTシャツとデニムに着替えだした宙人を、上から下まで見つめて双葉は言った。

ちなみにその宙人が好んで着ている普段の服は、浮嶋に「あのメリケンの忌々《いまいま》しい服」と蛇《だ》蝎《かつ》の如《ごと》く忌み嫌われている。

「バレた。でもちょっとだよー」

「どうしたことかな?」

二人が出会ったのは、今年の二月だった。宙人がここに通い始めたのが四月で、泊まるようになってからはまだ四ヵ月を少し過ぎたところだ。

「だって……うち、だいたい和食なんだけど。双葉さんが作ってくれる洋食めっちゃおいしくて。すっごい食べちゃう」

先刻の、文芸誌らしからぬ企画を見て、既に双葉はその理由には行き当っていた。

「僕が、君を大きくしたと」

「なんで双葉さんは大きくなんないの?」

「よく見ていてご覧。君ほどは食べていないから」

「すっごくおいしいのにー。今日の夕飯なに?」

宙人にとってはカジュアルな、双葉にとっては現代アートを超越している服に宙人はすっかり着替えて、まだソファにいる双葉の隣に座った。

「まあ……まだ胸が少し厚くなった程度だが」

じっと、双葉は世界中が自分のラマンだと知っている宙人を見つめる。

二人の秘密が瞬く間に地球に露呈したのは、欧州の歌姫を招いたオペラシティでのコンサートの関係者席で、宙人が無駄に似合うタキシード姿で双葉の肩で熟睡したからだった。

その写真は海を渡り海外の新聞にもコンサート記事として掲載され、そうでなくてもオペラシティのホワイエやガレリアで無数の観衆に撮影されソーシャルネットワーキングサービスを伝って縦横無尽《じゅうおうむじん》に世界を駆け巡った。

「俺が太っても愛してくれるよね、双葉さん」

そういう訳で、双葉は自棄《やけ》を起こして自宅で愛人を同伴しての取材を受けた。

どうやら宙人との関係は世間をいい意味で騒がせているようなので、せめてもの救いを双葉は仕事に活用したい。

実のところ本当の出会いは、先ほど取材を受けた白樺《しらかば》出版の大掛かりな周年パーティーだった。それが二月で、オペラシティは犀星社《さいせいしゃ》という老舗《しにせ》の出版社の招待で出会いから半年が経《た》っての話だ。

だが何か癪《しゃく》で、「出会いは」という質問には「御社の」とは教えず、「オペラシティで運命的に」と双葉は盛大に話を盛ってやった。

「ねえってば」

「君は、もう忘れたのかな?」

美青年が太ると言えば一時期の「ベニスに死す」のビョルン・アンドレセンだと連想して、双葉は凍るような目をして絶対美への思いをただの一つも譲歩しなかった館を掌《てのひら》で示した。

「僕が生半可《なまはんか》な美意識でこの館に棲んでいないと言ったことを」

「……俺の中身にしか情がないって言ったのも覚えてるよ? そしたら外見なんかどうなっ

たっていいじゃん」

「そうだよ？　どうなったっていいんだ。だから美しくありなさいと言っただろう？」

この家には景観条例があると、そこは双葉は譲らない。

もう今年が終わるというのに、まだ双葉は宙人の好む髑髏や美女がとぐろを巻いたTシャツが全く愛せないし、隙《すき》あらば金髪も黒髪に染めてしまいたいと願っていた。

「じゃあ、今日はなんかダイエット食にしてね。双葉さん」

少し不貞腐《ふてくさ》れながら、また、宙人は双葉の名前を呼んだ。

何度も何度も、宙人は双葉の名前を呼ぶ。何度も何度も、宙人は双葉が粗末にしてきたものを大切に抱きしめる。

窓の外、もうすぐ夜に包まれる十一月が終わる庭は、静かな色をしてきれいな花を咲かせていた。

山茶花だけでなく、背の低いたくさんの薔薇《ばら》や千日草も咲いている。

「君、ビオラとパンジーを植えたね」

落ちついた趣《おもむき》のある花を好む双葉は、ウッドデッキの近くに先日見慣れない紫色の花を見つけた。

「かわいいでしょ」

広すぎるこの館の庭は、四月からずっと宙人が手入れをしている。祖父が呉服屋の庭師だったそうで、道具も借りて廃園になり掛けていた広い庭を肥やしていつもの年より健やかな花を咲かせ続けた。

「どうだろうね……かわいいだろうか。それにしても半年で庭が随分きれいになった。丁度いいイチボ肉がきていたから、君の好きなローストビーフにするよ」

「イチボってなんだっけ？」

前も聞いたことがある、と宙人が考え込む。

牛の赤身の希少部位だが、説明せずに双葉は宙人を見ていた。選《え》りすぐりの食材を運んでくれる業者が、以前にもイチボ肉を入れたことがあるのでそのときにも双葉は説明している。自力で思い出すならそれでよいし、思い出さないなら牛肉の希少部位は宙人にとっていらない情報だ。

他に教えなければならないことが、家庭教師でもある双葉には山とある。

「あ、おいしいお肉だ！」

「そうだよ」

「ローストビーフ大好き！　……でも、ダイエット」

肉に飛びついたものの、先ほど愛人に氷のような冷たい目で見られたことを宙人は気にしていた。

「イチボは赤身だし、せっかく新鮮なんだから今日はローストビーフを食べなさい」

「明日からダイエットするね」

「別に太ったとは言っていないよ。なんなら今ぐらいがちょうどいいかもしれないね。君がジャケットを着るならの話だけど」

せっかく厚くなった胸板も、髑髏のTシャツでは無意味だとため息を吐いた双葉の額に、宙人がキスをする。

「今がちょうどいいならキープしなきゃ」

やっぱりダイエットするよと、朗らかに宙人は笑った。

「ねえねえ。さっきの編集さん、お見送りの時にも褒めてくれたよ？　俺の小説、文章がやさしくなったって。たくさん教えてくれる双葉さんのお陰だね」

嬉しくて堪らないと、宙人が双葉の腹を両手で抱く。

月に二度から多い時は毎週、西荻窪《にしおぎくぼ》から通ってくる宙人が庭を世話して、双葉が食事を作って、教師もする。

ずっと一人でこの館にいた双葉には、あまりにも多い日々だ。

多い。

多いことは本当は、双葉には疲れることのはずだった。

そんな日々の中で、最近双葉は、一つ自分の変化に気づいていた。とても大きな変化だ。けれどまだ、本当にその変化が訪れたのか確信がない。

「でもクリスマスはなんかクリスマスっぽいのが食べたいな」

頬に頬を寄せて、八つ年下の宙人がもっと年下に思えるようなおねだりをする。

双葉は年が明けて二月になったら三十六歳で、宙人は今二十七歳だ。

「鶏《とり》を焼くよ」

そう呟いて、双葉はある男のことを思った。ふとした弾みに、双葉はまだその人のことを思い出す。仕方ない。何十年も傍にいた人だ。

夏以来この館を訪れなくなった、別れた筈の兄と呼んでいた男と、オペラシティで再会した。生まれたときにはもう自分の傍にいた二つ年上の彼は、双葉がここに暮らすようになってから十年以上、クリスマスや誕生日に必ず深夜この部屋にいた。

誕生日やクリスマスらしい言葉や食事があったわけではない。ただそういう日に、彼はこの部屋にいなかったことがなかった。

宮沢賢治の「銀河鉄道の夜」に準《なぞら》えて、双葉は長いこと彼の隣に座って永遠に列車を降りずにいようと決めていたのだけれど。

「あ！　てゆか門の近くにある木にクリスマスの飾りしてもいい？」

突然、この金髪の青年が線路の上に現れた。

「門の近くにある木？」

大きく両手を広げて銀河鉄道が止められてしまったので、仕方なく双葉は永遠と思えるくらい座っていた固い椅子から立ち上がって、列車を降りた。

「なんか、ツリーになりそうなかわいい木あるじゃん」

「ああ、ピセア・プンゲンス。そういえば根付いていたね」

まさにクリスマス・ツリーをイメージして、全体が白みがかるきれいな木を確かに植えたと、言われて双葉が思い出す。

「健気《けなげ》に息づいてるよ。木を傷《いた》めないように、ソーラーのオーナメントと」

それはきっと祖父に言われて決めてきたのだろうオーナメントの話をして、宙人はソファを離れるとリュックから銀や青銀のきれいな紙を取り出した。

「俺が手作りしちゃう、お星さまとか。『銀河鉄道の夜』みたいなやつ」

一番大好きな小説は「銀河鉄道の夜」だと、出会ってすぐに宙人は双葉に教えた。

自分も同じだと双葉は簡単には教えなかった。

「青い星と、赤い蠍《さそり》も作らなきゃ」

楽しそうに光る紙を折っている宙人と、双葉の「銀河鉄道の夜」はきっと違った。宮沢賢治もびっくりしてひっくり返るくらい違っただろう。

「じゃあ、僕は肉を焼くよ」

宙人にはやさしい物語で、双葉には凍る真夏のような冷たい物語だった。

「イチボ、楽しみ」

覚えたと、宙人が笑う。

キッチンに向かいながら、今はもう、そんなには宙人と自分の「銀河鉄道の夜」は違わないのかもしれないと双葉はぼんやりと思った。

「彼がここに来るようになって、まだたった半年なのに」

いつだったか、宙人が住む西荻窪にやはり書斎を構えている腹立たしい同業者に、双葉は「蛇のようだ」と言われたことがあった。あの時きっとあの男は、「蛇性《じゃせい》の婬《いん》」の真女児《まなこ》を連想していたに違いない。男の運命を狂わせ霊獣を産む大蛇《おろち》の化身だ。

そういう自分を、双葉は快く思っていた。人が忌む妖《あやかし》のような恐ろしい者でありたかったし、ずっとそうあったはずだった。

「それがあっという間に、イチボは低カロリーでおいしいなどという考えに思考を占められている」

門扉《もんぴ》の傍には、言われれば確かにきれいなピセア・プンゲンスを植えた。十年以上前に、業者に頼んだ。双葉はそれをすっかり忘れていた。

「本当に、多いよ」

手作りの星や蠍とオーナメントでその美しい木を宙人が飾るクリスマスが、残念ながら今の自分は楽しみだと苦笑した。

苦笑しながらもふと、その樹を植えた頃自分はまだ何か怖い記憶を抱いていたと思い出しそうになる。

少年のあの人と、それから。

記憶の蓋《ふた》が開きそうになるのに、双葉は首を振った。


十二月に入って、双葉《ふたば》の家の門扉《もんぴ》に近いピセア・プンゲンスは本格的なクリスマスツリーになった。

宙人《そらと》が言っていたソーラーのオーナメントというのは、ほとんど木に掛けずに長い鉄の棒がついていて地面に差したり、サンタやトナカイを置いたりするものだった。

木を傷つけずにすむ。

「よほど大切に手入れをしてくれているんだね、庭木を」

そろそろ夕飯の時間だと館の玄関から出て、陽が落ちるのが早いのでそのオーナメントが灯り始めたピセア・プンゲンスと宙人にゆっくりと近づきながら、双葉は灯りの美しさにため息を吐いた。

「……？」

広い庭を眺めながら門に歩いて行くと、宙人は誰かと楽しそうに話していた。

双葉も見かけたことがある、この辺りに住んでいる小学生たちだ。

「すごくきれいー。でも外に紙の飾りつけたら、クリスマスまでに濡れちゃうかもよ？」

「そうよ。雨が降るよ、そらちゃん」

「赤いサソリかわいいのにもったいないじゃん」

女の子が三人クリスマス・ツリーを囲んでいて、驚いたことに既に名前を覚えられている宙人は、目線を合わせるようにしゃがんでいる。

「雨が降ったらまた作るよ。クリスマスまで飾り続けるんだ」

目線を合わせるどころか女の子達を見上げて、宙人はまるで子どものようだ。

「あたしたちも作ってもいい？」

「作りたい！」

「わたしも！」

「いいよ。作って作って」

さてどうしたものかとあと少しのところで立ち止まっている双葉を、女の子たちが見つけてしまう。

「あ！　ヘルムート様!!」

「ヘルムート様だ！」

「こんばんは！　ヘルムート様!!」

三人の女児に「ヘルムート様」と呼ばれて、双葉は困惑の限りを尽くしながらもなんとか微笑《ほほえ》んだ。

「こんばんは、かわいらしいお嬢様たち」

様をつけて呼ばれたからにはそれなりのジェントルな対応をしなければなるまいと、微笑んで双葉が頭を下げる。

「きゃあ！　ヘルムート様にお嬢様って言われたー!!」

「君たち、ヘルムート・バーガーを知ってるの？」

恐らく彼女たちが言っているヘルムート・バーガーの最盛期は、「地獄に堕ちた勇者ども」や「ドリアン・グレイ／美しき肖像」の頃で五十年近く前だ。

「おばあちゃんが写真見せてくれました」

「うちはママが呼ぶの。ヘルムート様のことをヘルムート様って」

「わたしは二人に画像見せてもらった。画像よりヘルムート様の方が美しい！」

「そう……」

三人寄らなくてもきっと君たちは姦《かしま》しいのだろうねと言いたいのを堪えて、双葉が微笑む。

「どっかの誰かよりもきれいだよー、ふた……」

いつも双葉の名前を取り戻して抱いているような宙人は、本名で呼んでいいのは二人きりのときだと忘れそうになるのもしょっちゅうだ。

「きれいだけどお」

宙人の言葉に照れたように女の子の一人が双葉を見上げて、「おしゃまさんだね」と昭和も初期ぐらいに戻って双葉は言いたくなる。

実のところ双葉は、女の子にも女性にも全く慣れていなかった。

長い時間思い続けた初恋の人も二つ年上の男性なので、そもそも女性に興味がないのかもしれないと初めて思う。

「どっちから告白したんですか？　ヘルムート様とそらちゃん」

女の子から発せられた言葉に咽《むせ》て、屈辱だが興味がないのではなく自分は女性が苦手なのだと双葉は知った。

「ヘルムート様が告白とかしなさそう」

「君たちね……」

彼女たちの「ママ」とはきっと全く違う母は、存命だが双葉の中では存在感が薄い。両親のことは父との確執《かくしつ》が全てと言えたし、母は兄に付きっ切りでそれを双葉は悪く思ったことはない。

何故《なぜ》なら双葉には、母とも祖母とも言える乳母がずっとついていてくれたので。

「俺だよー」

何も惑《まど》うことなく、宙人は笑っている。

「ご夫婦なのよって、ママたちが言ってた。結婚したの？」

「ママたちが……そう言ってるのに、君たちはここに来て大丈夫なの？」

ヘルムート様が白洲絵一《しらすえいち》という作家だとは、つきあいはないもののどうやら近隣の人々は知っている。そしてヘルムート様と呼ぶ保護者達は、白洲絵一と伊集院宙人《いじゅういんそらと》が世界中が認知している恋人同士だとまで知っているようだ。

「ステキねえって言ってました」

何を心配されるのか全くわからないようにキョトンとして、女の子の一人が無邪気に笑う。

「うちのママもー。大人になったらなんでも自由にしていいのよって言われた」

「お二人みたいに」

その「お二人」の一方である双葉は、実のところ何十年も不自由な冷たい檻《おり》に入っていた。父親に、その父親に従って自分を裏切った初恋の少年に、檻に入れられたと思っていた。その不自由さをけれど、とても好いていた。

一つの怖さを除いては。

いや。その怖さがあったからこそ、双葉は冷たい檻《おり》でおとなしくしているしかなかったのだ。

「そうだね。大人になったら、みんな自由になさい」

気づくと腰を屈めて、双葉は少女たちに告げていた。

自分がその「大人」になるのにとても時間が掛かったことは教えずに。

「俺なんか子どもの頃から超自由！　でも大人になってからの方がいっぱいできることあるよ。きっと」

子どものような言葉遣《ことばづか》いで言った宙人が、いつの間にか愛おし気に自分を見ていたことに双葉は今更気づいた。

「もう暗いから、気をつけてお帰りなさい」

「はーい」

「さようなら」

「またね！」

朗《ほが》らかな声を響かせて、少女たちは連れ立って家路を駆けて行く。

「……あの子たちは、またクリスマス・ツリーを飾りに来るのかい？」

ほんの少し意地悪に、双葉はしゃがんだままの宙人に尋ねた。

「ゴメン、勝手に中に入れて」

少女たちと穏やかに戯《たわむ》れるのは世間が見ている白洲絵一らしいけれど、神代《かみしろ》双葉的ではないという小さな抗《あらが》いは、素直な宙人の謝罪にあっさりと倒されてしまう。

それにその抗いについて、最近双葉の中には違う思いが僅かにあった。

静かになったツリーを眺めたくて、宙人の隣に双葉は屈んだ。

「きれいなものだね」

青や赤の銀紙で作られた星や蠍《さそり》は、クリスマスというより「銀河鉄道の夜」の世界だ。宙人が作った星や蠍は大きくて角が丸く、童話のようだ。

自分の中に存在した、初恋の少年と並んで座っていた銀河鉄道は、美しかったけれどもっととても冷たかったのにと思った頃には、双葉は自分が覚えていた銀河鉄道が朧《おぼろ》になった。

「だけどこれはなんだか」

十字架のオーナメントが夜に光り出すのはきれいだが、おもむろに土に刺さっていて一言言いたくなる。

「あ、不吉だよね」

「いや」

不吉、と言われると、目の前のきれいな光と言葉が合っていないように双葉には思えた。

「懐かしい映画を思い出した。子どもの頃に好きだった映画を」

「なに？　双葉さん映画好きだよね。双葉さんが好きな映画、俺も観たい」

好きという気持ち、知らずに好きでいたことも、宙人は一つ一つ双葉に返してくれる。

取り上げていたのは、双葉自身だったのに。

「確かディスクを持ってるよ。今度観ようか」

「うん。そうだ。クリスマスにしよう？　双葉さんの大好きな映画だもん」

頷く宙人は幼子のようなのに、時折自分より大人に見えてそれが双葉には少し癪《しゃく》だった。

「そういえばここまでいい匂いする。夕飯何？」

ダイエットの話は何処《どこ》に行ったのか、嬉しそうに宙人が尋ねる。

「今日はカスレにしたよ」

「カスレってなに？」

「フランスの家庭料理で、家々で材料や味が違うんだそうだ。僕は羊を豆とトマトで煮込む」

「時々双葉さん、全然聞いたことない料理作るよね。楽しみ。誰かに習ったの？」

無邪気に宙人は、双葉の料理の源を訊いた。

今さっき双葉は、乳母のことを久しぶりに思い出したところだ。

「身の回りのことを全て人にされるのが嫌だったと、君に話したことがあったね」

「うん。自分でやりたいって」

その乳母とは十八歳で家を出て以来会っていない。兄と呼んだ人が通っていた夏至《げし》までは、よく彼の口から彼女の話を聞いていた。

元気だろうかと気に掛かって、乳母への思いが自分には人《ひと》が過保護な母親に抱く思いに近しいのだと気づく。

「実家に、喧嘩《けんか》ばかりしていた母のような人がいて。その人の料理を思い出して、想像で作ってるんだよ。こういうあまり聞いたことがない料理は」

乳母は何処からやってきた人なのか、今思えば少し変わった料理をよく作ってくれた。

「作り方を、習えばよかったな」

初めてそんな後悔が、双葉の胸に湧く。

「充分おいしいよ、双葉さんの料理。いつも。カスレもいい匂い。絶対おいしい」

切なさが湧いたことに気づいてか、宙人はそっと双葉の肩を抱いた。

くちづけようとした宙人の胸を、双葉が掌《てのひら》で止める。

「子どもに見られたらどうするの」

咎《とが》めた双葉の言葉に、宙人は頭を掻《か》いた。

「そうだった。それはダメ」

実のところ双葉自身はあまり持っていない、「よいこといけないこと」を、宙人はどうやらちゃんと持っている。

「風邪ひいちゃう。中に入ろう」

手を取られて、双葉は立ち上がった。

きれいに光る十字架に別れを告げる。

「双葉さんの好きな映画、どんなかな」

その十字架を後にして、宙人も同じことを考えたようだった。

クリスマスに観ると約束した映画は、双葉にはとてもきれいな映画だ。

けれど果たして宙人にとってもそうだろうかと首を傾げるくらいには、双葉も宙人を理解していた。

「そんなに泣くんじゃないよ」

　クリスマス・イブ、外にきれいに光るツリーを眺めながら鶏《とり》やシャンパンで夕飯を終えて、館の地下のプロジェクターを置いた一室に双葉《ふたば》と宙人《そらと》はいた。

　時折子どもたちの手も借りて飾られた庭のツリーのそばには、今夜観た映画を双葉に思い出させた十字架も光っている。

　その十字架を思いながら一つのソファで隣に座って、子どものように泣いている宙人を双葉はただ慰めていた。

「だって……ポーレット、どうなっちゃうの？」

　挿された光る十字架を見て双葉が思い出した映画は、「禁じられた遊び」だった。半世紀以上前のモノクロのフランス映画で、子どもの頃双葉が観た時にはもう既に古い映画だった。

「どうなるんだろうね」

　宙人が名前を口にしたポーレットは五歳の少女で、第二次世界大戦中にドイツ軍の空爆から逃げている最中に両親と子犬を亡くしてしまう。出会った少年ミシェルはポーレットのために子犬の墓を、そして淋しくないようにたくさんの墓を作ってきれいな十字架を盗んで挿してやる。

「ミシェルに会えなきゃやだよ……かわいそうだよ、ポーレット」

十字架を盗んで挿していくことはとても不謹慎な行いで、二人は引き離されポーレットは混雑する駅舎で「ミシェル」と誰かが呼ぶ声を聴く。

そして雑踏の中に、何もわからないポーレットが「ミシェル」と名前を叫んで消えていくラストだ。

「双葉さん、この映画どうして好きなの？　どうして？」

咎《とが》めるように、それから双葉を案じるように、宙人が尋ねる。

「子どもの頃に観て、とても……きれいな物語だと思ったんだよ」

いつからなのか双葉の生まれた家は男は皆政治をしていて、両親が交際する相手は年寄りが多かった。付き合いだったのかもしれない。両親がよく、双葉たちを古い映画のリバイバルに連れて行った。家族を愛することは双葉にはとても難しかったが、映画に連れて行かれるその時間は好きだった。

生まれた時にはそこにいたひたすらに愛した少年は、この映画をとてもきれいだと言った双葉のために、手作りの十字架を森の中に挿してくれた。

その思い出ごと、自分がこの映画をきれいだと思っていたことに気づく。それは宙人には打ち明けられない。

ただでさえ今、ポーレットのために悲しんでいるのに。

「ポーレットはきっと、ミシェルと再会して幸せに暮らしたよ」

一度もそんな想像はしたことがないのに、双葉は宙人に騙《かた》った。

いつからか双葉は、この映画を思い出すとミシェルは自由になれたのだと思うようになった。

傍《かたわ》らにいた少年が、自分のために十字架を土に挿すのが双葉は嬉しかった。

けれど彼はどうだっただろう。そんな罪を犯したかっただろうか。

そうして自分たちとミシェルとポーレットを重ねると、ミシェルはポーレットから離れられてよかったと、そう思えた。

「ウソだ」

「君がツリーの傍に挿した十字架は、愛らしくて僕はとても好きだ」

「……本当？」

「本当だよ」

だから泣き止んでと、双葉が宙人の瞼《まぶた》にくちづける。

涙に濡れた双葉の唇に、宙人は唇を寄せた。

さっきまで赤子のように泣いていたのに、広い胸で双葉を抱いて、宙人はくちづけを深める。

「……ん……」

抱き合ってソファに倒れて、ここでは駄目だと肩を押すと、宙人は素直に引いてただ双葉を抱いた。

ミシェルは、ポーレットと離れられてよかった。双葉はそんな冷たい愛情を抱えながら、長い時を生きてきた。

なのに今年の二月に軽薄な金髪の宙人と出会って、いつの間にかこんな風に当たり前の幸いにぬくもっている。

「……何か、納得がいかない」

こんな速度で人生を変えられてしまうのは、神代《かみしろ》双葉としても白洲《しらす》絵一《えいち》としても、ついでにご近所のヘルムート様としても容易には受け入れ難かった。

「なにがー?」

「君が相変わらず語尾を音引きで伸ばすこともだろうね」

涙が止んで呑気に尋ねた宙人の鼻を、小さく双葉が摘まむ。

「だってー」

「ほらまた。君の音引きは、僕は日本語として大きな問題を感じているんだよ。日本語の場合は、音引き、長音符では音を伸ばさないという決まりがあるんだ。だけど君は音引きで伸ばしているように聴こえてならない。音引きで伸ばしていい音の数は」

「もういいよー！　そんなにいっぱい一度にムリムリムリムリムリ!!」

子犬のように双葉の肩で大きく首を振って、宙人は話を遮った。

「僕に家庭教師を望んだのは君だろう」

教えてほしいと望んだはずなのに癇癪《かんしゃく》を起こすとは理不尽だと、双葉がきれいな眉を顰《しか》める。

「そうだけど、今日はもういいの。あ、そういえば東堂《とうどう》先生が中華食べないかって」

ふと思い出したと、宙人はいとも容易く双葉のにっくき天敵の名前を口にした。

「……何故《なぜ》」

東堂大吾《だいご》は骨太な時代小説が大ヒットしている小説家だが、デビューは文芸小説で今も年に二冊は書いている。その文芸小説の旗手である白洲絵一とは同世代として語られ、あらゆる賞を自分が取っていてなお、双葉は東堂大吾が大嫌いだった。

「ダブルデートしたいんじゃない？　一月はどうかって言ってたけど」

その東堂大吾もきっちり白洲絵一をライバル視し、一度真っ向から対決した去年の夏には、双葉は確かに彼に圧倒的勝利を収めたはずだった。

「ただの嫌がらせだろう」

だが大吾は双葉が宙人と愛人関係になったことを知るや否や、戦場からあっさりと降りておもしろおかしそうに二人を眺めている。

「いやならいいよ。俺双葉さんと二人きりでいたいもん」

「いや」

あの愉悦《ゆえつ》に満ちた態度は、宙人にすっかり人生を変えられている今の双葉を以ってしてもなお度し難かった。

「受けて立とうじゃないか」

「ダブルデートだよ？　西荻窪《にしおぎくぼ》の中華飯店で。決闘じゃないよ？」

「東堂大吾が僕に嫌がらせをするというのなら、決して逃げたりはしない」

「いいのにそんな」

つまらなさそうに、宙人が口を尖らせる。

「やなことしなくても」

「いやなことか」

乞うように言われて、双葉は宙人の言葉をきちんと聴いた。

東堂大吾とは、その西荻窪の鮨屋《すしや》で真っ向勝負を楽しんだと、双葉は記憶している。けれどよく考えたらその勝負は、あまりにも一方的だったと今なら思えた。

「僕は随分長いこと、人と本当の意味では関わってこなかったんだと最近思うよ」

去年の夏は、一方的に東堂大吾をやり込めた。やり合ってはいない。

「どうして？」

「それは」

他者との間にあったほとんどのことが一方向だと気づいたのはきっと、今目の前にいる愛人とのやり取りが交わっているからだ。

「以前、東堂大吾とは西荻窪の鮨屋で闘った。そう思っていたが」

それを宙人に教えるのは、双葉はまだ先でいいと思った。

「僕は僕の時間を生きただけで、彼は関係なかった」

そのまだ先の時間に宙人が絶対にいるとまでは、思えていない。

「難しいよー」

「一方的だったということだ。君のせいで僕の語彙《ごい》までもが平板《へいばん》化してきている！」

「いいじゃん。わかりやすい方が」

それの何が悪いのーと、大きな子犬のように宙人はキョトンとして見せた。

「最近小説も……」

自分の書いている小説にも、双葉は変化を感じている。

「なに？」

続きを継がない双葉に、宙人は尋ねた。

感じ始めている変化については、双葉自身確信がないのでまだ語りたくない。小説の変化ではないのかもしれない。自分自身の変化だ。

「なんか、今までと違う依頼いっぱい来てるって言ってたよね？　書かないの？」

続きが語られないのを察して、宙人が似ているようで違うことを訊いた。

「書きたくなったら、書くけれど」

呟いた双葉に、宙人は今は書きたくないのかと不思議そうにしている。

わかりやすくやさしい、共感性の高い小説を、デビューから双葉はずっと書いてきた。どうしても最高峰の賞が欲しくて、緻密《ちみつ》な計算のもと文芸作家としてはかなり多くの読者を得てきた。

だがオペラシティで宙人との仲が世界中に知れ渡ってから、もともと双葉が抱えていた仄暗《ほのぐら》い闇を描いてみないかという話が山と舞い込んでいる。

「まだ書かないんだね」

「ああ、そうだ。そういう訳で」

今のところ双葉は、そうした依頼を放って置いていた。

「どういう?」

「文脈は何処に振り回されても、主題を見失っては駄目だ。以前の闘いは一方的だった。今度はきっちり闘う、彼と向き合って。東堂大吾に、行くと返事をしなさい」

川中島《かわなかじま》、関ヶ原《せきがはら》、巌流島《がんりゅうじま》、いやここはワーテルローだと、好戦的なまなざしをして双葉が宙人に言いつける。

「おいしい中華屋さんなんだよ?　俺ピータン食べられないんだけどピータンがすごくおいしいんだって」

戦場じゃなくて西荻窪の中華飯店だよと宙人は語っていたが、双葉は久しぶりに抱いた殺意に身を任せていた。

穏やかにクリスマス・ツリーを飾って子どもたちと戯《たわむ》れて、「禁じられた遊び」を観て泣いた愛人を慰めている自分を簡単には看過できない。

憎み続けられる東堂大吾の存在に、双葉は礼を言いたいくらいだった。

「そういう顔久しぶり」

二人でいる時間とは今双葉の心根が変わったと、宙人も気づく。

「久しぶりに見ると、そんな感じの双葉さんもきれい。最初ずっとそんなだったー」

掌《てのひら》で宙人は、双葉の頬に触った。

最初も何も、二人でいる時間以外はずっとこんな顔だったと双葉は覚えているが、図に乗るだろうから愛人には教えない。

「……こら」

「キスだけ」

唇が重なって、ソファの上で宙人の肌の熱を双葉は感じていた。

外に向ける顔とも、宙人といるときともきっと違う顔をしていた時間の方が、双葉には長かった。

望めば土に十字架を挿してくれた人と、この館でも月に一度か二度、二人きりでいた。

誕生日やクリスマスに、彼は双葉を決して一人にしなかった。

「寝室に行こう」

今夜はクリスマス・イブだ。十年以上途絶えなかった双葉を一人にしないための彼のおとないは、どうやら完全に終わった。

「いいの？」

夏至に彼とは、「さよなら」を交わした。再会したオペラシティで彼は独身を誓ったけれど、双葉は彼の前で他の人の指を握り返した。

「もう映画は終わったからね」

十字架を挿してくれた人とは、別れた。

手を引いて自分をここから連れて行く宙人と、クリスマス・イブの夜を双葉は過ごす。

「宮沢賢治《みやざわけんじ》を語る会に招いてやったんだぞ。ありがたく思え」

年明け、一月の土曜日。

真昼の西荻窪《にしおぎくぼ》中華飯店の円卓で、相変わらず傲慢不遜《ごうまんふそん》という言葉がよく似合う時代小説家東堂大吾《とうどうだいご》は、色悪《いろあく》と語られるに相応《ふさわ》しい強いまなざしでのうのうと言った。

「君……」

愛人は確かダブルデートと言っていたはずだがと双葉《ふたば》は左隣を見たが、この街が地元の宙人《そらと》はキョロキョロと店内の黒板を見つめている。

「上海蟹味噌《シャンハイかにみそ》あんかけ焼きそば食べたい」

この円卓を、右回りに宙人《そらと》、歴史校正会社庚申社《こうしんしゃ》校正者の篠田和志《しのだかずし》、小説家東堂大吾、そしてその情人でありやはり庚申社の校正者塔野正祐《とうのまさすけ》、白洲絵一《しらすえいち》こと双葉でぐるっと囲んでいた。

落ちついた風情《ふぜい》のある中華屋に相応《ふさわ》しいメニューは、注文がだいたい済んでいる。

「ホタテ貝柱と黄ニラの塩味炒めと、牡蠣《かき》の紹興酒《しょうこうしゅ》蒸しも追加していいですか」

今日の眼鏡のつるには百入茶《ももしおちゃ》が入った篠田和志は、「それにしてもどのフォントも敵《かな》わない達筆」とメニューに対して職業病甚《はなは》だしい独り言を言って右手を挙げた。

「本当に美しい字ですよね。……私はピータンと蒸し鶏《どり》の香港《ホンコン》生姜《しょうが》ソースが楽しみです」

篠田の同僚であり大吾の情人であり、かって双葉が鎌倉《かまくら》の館に飾りたいと思っていた方丈《ほうじょう》記《き》の時を生きている正祐が、今日も今日とて無駄に美しい顔を地味な鼠色《ねずみいろ》のスーツに包んで微《ほほ》笑《え》んだ。

「何故《なぜ》、宮沢賢治を語るのかな？　こんなに大勢で」

今日は大吾とやり合うはずだった双葉は、少々やり過ぎといえるフォグブルーのシャツにアイボリーのスーツを合わせている。

そういえばおいしい中華飯店だと宙人は言っていた。

「おい、言わなかったのか伊集院《いじゅういん》。あんた中華食べに西荻窪にきたのか？　そりゃここのピータンと紹興酒は絶品だが」

「あれ？　宮沢賢治先生の会だったの？　俺てっきりダブル……っ」

ダブルデートと言われて自分が鎌倉から西荻窪までのこのこ来たと思われてはたまったものではないと、慌てて双葉が宙人の口にテーブルにあった花捲《はなまき》を突っ込む。

「んぐっ」

「……花捲は不思議とおいしいだろう？」

「以前ここで、このメンツで夏目漱石《なつめそうせき》を語ったんだ。存外興味深かった。そこにこの間、塔野と『銀河鉄道の夜』を巡って意見が分かれてな」

「意見が分かれてなどという穏やかなものではございませんでしたが」

現代文学者とその担当校正者という関係でもある恋人たちは、「銀河鉄道の夜」を挟んで何やら本当に穏やかではない空気を醸《かも》した。

「一年に一度や二度ならこうして複数人で文学を語るのは興味深いのですが、今回は自分がかなり腰が引けまして。それで余計なことを言いました。すみません、白洲先生」

双葉はあまり縁がないが、オペラシティで見かけた時も随分聡明《そうめい》そうで、庚申社切っての優秀な校正者だと名高い篠田が不可解なことを言って頭を下げる。

「篠田さんが、白洲先生でもいらっしゃるなら参加しますがと言うんで、伊集院に伝言を頼んだ」

「大変失礼ですが、お仕事上でもそんなにご縁はなかったかと」

何故篠田は自分を指名したのかと、今のところは外向きのやわらかい声で双葉は尋ねた。

「それはですね……」

「来ると思わなかったんだろうよ。当てが外れたな、篠田さん」

「篠田さんのお気持ちもわかります。宮沢賢治を語るのは私でも腰が引けますよ」

「その割りには俺には随分と強気だったじゃないか」

「だってあなたがブルカニロ博士とカンパネルラの父親を同一視なさるから」

「博士でなければ自分の息子の死にあそこまで冷淡でいられるものか！」

二人では収まらない「銀河鉄道の夜」を巡る争いは鎮火することはなく、狭い店内に陣取っている円卓の一つ向こう隣で篠田は双葉に頭を下げた。

「率直に申し上げて、白洲先生がこの会合に乗り気になるとは想像が及ばず。回避したいがためにお名前を。本当に申し訳ありませんでした」

「いえ……ただ実際、宮沢賢治を語る会だと知っていればご想像の通り、僕はここには来なかっただろうけれど」

聡明な篠田の予想と作戦は大当たりだったものの、間に座っている宙人が一人で伝言ゲームに失敗している。

「お飲み物をお持ちしました」

白い肌に黒いシンプルなワンピースの似合う愛想のない美人が、宙人には生ビールを、他の四人にはグラスを置いて二種類の紹興酒の瓶を正対称に並べた。

「ここの紹興酒とピータンは本当においしいので、どうかご容赦《ようしゃ》ください」

「大勢だといろいろ食べられていいよね。中華」

ひたすら恐縮している篠田の隣で、伝言ゲームに失敗したというより参加しなかった宙人は呑気なものだ。

「あ。でもダイエット、気をつけてるよ」

大吾と決闘にきたつもりの双葉はすっかり肩透かしだが、どうやら宙人はこの店の中華をとても気に入っている様子だ。

「外食の時にそんなことを考えなくともいいよ。つまらないだろう？　好きに食べなさい」

宙人にそう言った自分を、大吾だけでなく篠田も、正祐も微妙なまなざしで見ていることに双葉は気づいた。

「何か？」

去年の夏に宙人と連れだってこの街を歩いているときにばったり会ってしまった晩は、大吾は明らかに双葉を憐れみ、なんなら小馬鹿にしていた。

オペラシティで会ったときも揶揄《からか》っていたと、双葉は認識している。

「いや。ここの中華は本当に旨《うま》いんだ。小技が利いていてな」

だからこそ双葉は今日大吾が「ダブルデート」という喧嘩を売ってきたのだと思い込んだのに、大吾は大吾で何故なのか今興がそがれたように見えた。

「ピータン二つ、アスパラガス腐乳《ふにゅう》炒め二つ、お持ちしました」

言われれば確かに翡翠《ひすい》のように美しいおいしそうなピータンと、山のような取り皿が置かれる。注文した皿は、手際よく順に運ばれてきた。

「とてもおいしそうですね。そんなにお気になさらず、篠田さん」

言葉を掛けた双葉に頷いて、篠田が自分の手元で全員のグラスに紹興酒を注ぐ。

「では宮沢賢治の会に」

父権主義の塊のような男前が、グラスを持って右手を上げた。

「かんぱーい」

一人生ビールを掲げた宙人が、大吾と正祐の険悪なムードなど知ったこっちゃない陽気な声を聴かせる。

「どういう気まぐれか知らんが、あんたが来てくれたのはよかった。篠田さんも参加せざるを得なくなったし、金髪バカだけではつまらん」

「失礼ですよ。白洲先生は伊集院先生を心から愛してらっしゃるのに」

「……っ……」

宙人を金髪バカと呼ばれることを、致し方ないにしても腹立たしいと双葉が思ってしまった瞬間に、しかし全く望んでいない掩護《えんご》射撃が正祐から飛んで掩護された双葉の背中に命中する。

「自分の目論見《もくろみ》は失敗に終わった上に全員に露呈していますから居直りますが、参加したくなかった理由とともに宣誓について手短に語らせてください」

それぞれが好きにピータンを皿に取る中、「開会の前に」と篠田は手を挙げた。

「拒絶の理由は聞きたいが。宣誓とはなんだ。俺は簡単に宣誓なぞしないぞ」

「自分も普段ならしません。けれど今回は宣誓してから始めたいです。宮沢賢治先生は神であるという共通認識を確認したいです、自分は」

ピータンはいいのだが、宮沢賢治を語る会だと聞いていたら来なかった理由を正しく篠田が言ってくれたので、双葉は深々と頷いた。

篠田の確認に、全員が静まり返る。

文豪の文学作品について論考を交える、闘わせるという捉え方なら宮沢賢治については参加できないのは双葉も篠田と全く同意見だ。

「俺は神のお膝元で育った」

言いたいことはわかると、大吾が指先で頬を掻く。

「個人情報は結構です。神の話をするという覚悟を持っているかの確認です」

「確かに……宮沢賢治の書は聖書に等しいですね」

篠田に言われたことによって正祐も、神の土地に踏み入ることに躊躇《ためら》いを見せた。

「言いたいことはわかるが。そういう差別化は他の作家に失礼というもんじゃないのか」

いくらか譲歩しながらも、大吾は宣誓には消極的だ。

この場で打ち明ける気はないが、双葉にも宮沢賢治は神に等しい。その上ついこの間まで銀河鉄道に乗っていた。

——死んだのに、銀河鉄道に一緒に乗ったのはカンパネルラだよ。カンパネルラの方から会いに来たのに、どうしてジョバンニは手を放しちゃうの？　一生懸命手を引っ張って、連れて帰ればよかったんだよ。

出会ったばかりの頃、宙人は双葉にそう言った。

——他にも一緒にいる方法はある。カンパネルラの隣に座って、銀河鉄道を降りなければいい。

双葉はそう答えて、心はずっと傍《かたわ》らにいる影のような少年とともに銀河鉄道に乗っていた。

「僕もその宣誓をしよう」

まだ「銀河鉄道の夜」をただの童話として語れるほど、双葉から銀河鉄道は遠くにいない。

「わかった。俺もしよう。結局みんなトルストイに気触《かぶ》れてたんだ」

「東堂先生！　早速それでは自分はもう一言も喋りませんよ‼」

気触れていたという言葉を使った大吾に、篠田がきっと慣れないのだろう大きな声を張った。

「いや、篠田さんを怒らせるつもりはない。……そうだな、どうやら宮沢賢治というものは」

大吾は大吾で、いつもの傲慢不遜が風に流されてため息を吐く。

「なるほど、神か。今俺も気づいたよ。俺はだいたいの小説は小説として読んでいるし、自分とは無関係だ。そう意識している。ところが宮沢賢治のことは自分に引き寄せて考えるようだ」

「あなたにも神がいるとは驚きです……。私は宮沢賢治を神だとは思いますが、小説や作家を自分に引き寄せては考えません」

「おまえはそうだろうよ」

宮沢賢治と「銀河鉄道の夜」を巡って争っていたはずの恋人たちは、笑って互いへの深い理解を見せた。

「蒸し鶏の香港生姜ソース二つ、お持ちしました」

やっていられない他三人の心を代弁するかのように、黒服の美人が冷たく皿を置く。

「大きな声を出しておいてなんですが。正直、興味深いですね。東堂先生が宮沢賢治をご自身に引き寄せる部分があるということが」

聡明に間違いはないのだろうに敢《あ》えて好奇心猫を殺される姿勢で、篠田がその先を気にした。

「だから、トルストイ的なことだ。賢治は裕福な家を苦に思って、農民に解放しようとした節があるだろう。『農民芸術概論綱要』に、『世界がぜんたい幸福にならないうちは個人の幸福は

あり得ない』と書いた。当時も社会主義者を疑われたし、マルキストだったという研究は絶えない」

その言葉は、双葉も少年の頃今はない蔵で大切に読んでいた。社会主義とは真逆の政治を司《つかさど》る家を、父を嫌い、「農民芸術概論綱要」に耽溺《たんでき》した。二つ年上の少年とともに。

否。

彼とともに幸福に溺《おぼ》れていると、子どもの頃は思い込んでいた。彼は双葉に寄り添ってくれただけだ。

「全てとは言わないが、何かものを書こうという人間は通ることの多い道だね。僕にも多少の共感はある」

多少というのに留めて、控え目に双葉は発言した。

「東堂先生はまだ通り過ぎていらっしゃらないと思いますよ……一読者としては」

資本主義から遠ざかる感覚は今も東堂大吾作品に反映していると、篠田が苦笑する。

「俺の話はいい……いや、ほら。こうして」

「本当ですね。あなたがそんな風に自分に引き寄せて文豪を捉えるとは」

何年分かは大吾を理解しているのだろう正祐は、驚きを隠さなかった。

恐らくその社会主義の元に死に至った小林《こばやし》多喜二《たきじ》辺りなら引き寄せることも厭《いと》わないだろうとは、大吾を長年憎く思ってきた双葉にもわかる。

双葉が大吾を嫌ったのは、他らなぬその自分にはない恐れなさ。まっすぐさなので。

「どちらかというと父に寄せる。祖父と父はどちらも社会主義者に近かったが、細かなところで意見が分かれて父は家を出たそうだ。俺は祖父の元で必要最低限の暮らしをしたが、『それでもあいつには過ぎていたそうだ』と祖父は父のことを話していた」

「過ぎていた、か。とても簡潔で、けれど響く言葉だよ。賢明な方だ」

そのくらいなら言ってもいいだろうかと、双葉は大吾に追随《ついずい》して呟いた。

過ぎた暮らしに、双葉は自力では反抗できなかった。十七歳の時に、信じた少年と約束をして何もかもを捨てようとはした。

待ち合わせをした真夏の夜明けの駅に、彼は来なかった。

それで双葉は、とても歪《いびつ》な方法で家に背を向けた。

十八歳で家を出て保護と援助を受けながら、実家の政治に背を向ける知識を蓄え、共感性の強い作品に淡い染みのようにその思想を滲《にじ》ませる作家となったのだ。

「……ああ」

その話は腹立ち紛れに大吾に断片を聞かせたことがあるので、「ああ」と大吾は思い出したのだろう。

「俺の話はもういい……だから」

「あなたが無意識に自分に何度も引き寄せて考えてしまうのは、珍しいです。とても遠い気がするのに、様々な人の共感を詰め込んだ銀河なのでしょうか。宮沢賢治は」

「俺、トルストイのとこで止まってるんだけど……つみとばつ？」

黙って聴いていたのは全く意味がわからなかったからだと、おいしく中華をいただきながらやっと宙人が参加した。

「また随分とすれすれのところまで教育なさいましたねえ、白洲先生」

双葉が目を細めるまでもなく、「罪と罰」はトルストイではなくドストエフスキーの小説だと篠田はもちろん知っている。

「すれすれか？　中途半端だろう」

「私は篠田さんに一票です。トルストイとドストエフスキーは知識としてはとても近しいです。白洲先生の血のにじむ努力の成果だと思われます」

「まだロシア文学までは千里ほどあるよ……」

そんなところまで行けていないと、双葉は宙人への教育の進捗《しんちょく》を正直に打ち明けた。

「好戦的にならないのなら、主題に戻ってほしいな」

ロシア文学の話になるのは構わないが、そこはかとなく宙人を軽んじられる空気を双葉は望まない。

「東堂先生と塔野くんは、『銀河鉄道の夜』の最後を巡って意見が合わないということなんだね？　カンパネルラの父親が、ブルカニロ博士と同一だと東堂先生は思うと」

宮沢賢治の書いた「銀河鉄道の夜」には、今のところ第四次稿までが確認されていて、未完とされていた。第三次稿は結末がまるで違い、全てが「ブルカニロ博士」の創り上げた夢だったという物語になっている。

「研究し尽くされて答えは永遠に出ないことですが、自分もそれを考え続けます。なんというか、賢治が遺《のこ》してくれた個々の、自分だけの銀河鉄道の夜です」

先ほど正祐が「銀河」と綴《つづ》ったのに近しいことを、篠田は言った。

「そうだな。考えること自体が銀河鉄道の夜だ。第四次稿が本稿だと決められたわけじゃないし、単に書き文字が残って『博士』が出てくるとも思える。そういう研究から離れて俺自身の感情で、俺はカンパネルラの父親が出てきたところで突然物語が現実を離れるように思うんだ」

残念ながら、双葉はいつでも憎い東堂大吾と同意見だと知ることになった。

「『もう駄目だめです。落ちてから四十五分たちましたから』」

カンパネルラの父親の言葉を、双葉が諳《そら》んじる。

昔、双葉はその父親に共感があった。そのくらい自分を生きることを諦めていた。

けれど言葉にしたら、いつの間にか共感が心の中から潰《つい》えていると気づく。

「そうですね。息子を喪《うしな》った父親の言葉とは、自分も思えません」

それは否《いな》めないと、ごく当たり前に篠田は頷いた。

「けれど私は、あの人はカンパネルラの父親でしかないと思うんです」

「何故、塔野くんはそう思うんだい？」

館の置き物にしようとした正祐が、大吾の深い情愛を受けていることを、思いがけず双葉は知る機会が一昨年の夏にあった。

そんな風に人の愛を知っているのに、何故冷徹《れいてつ》とも言える台詞《セリフ》に父親を見るのか双葉は疑問だ。

「私も時計を見ます」

愛する人が水に溺れたならと、正祐が言う。

なるほどと大吾と、双葉と篠田はその言葉を咀嚼《そしゃく》した。

「『あめゆじゅとてちてけんじゃ』」

不意に、宙人が宮沢賢治の「永訣《えいけつ》の朝」の一節を呟く。

「賢治が、妹のトシを喪《うしな》った詩だね」

幼子に問うように、つい二人でいる時の呼びかけを双葉は宙人にしてしまった。

「うん。なんか今思い出した。教科書に載《の》ってて、ふざけて何度も声に出したから忘れない。意味はちゃんとわかってなかったんだけど、じいちゃんに教えられた。雨雪を取ってきてほしいという死にかけた苦しい妹の兄への言葉なんだぞって、叱られた」

多くの人に読まれた、妹を亡くした心をまっすぐに綴った詩は、銀河を詰め込んだような童話をたくさん書いた宮沢賢治の言葉の中ではとても現実的だ。

「『今日のうちに遠くにいってしまうわたくしの妹よ』。……覚えているものだね」

詩の始まりを、双葉が声にする。賢治は妹のトシを、魂の片割れのように愛した。

「じいちゃんに教えられてから、俺、悲しくてあの詩あんまり読めない。賢治先生は悲しすぎて、カンパネルラのお父さんになっちゃったんじゃないかな」

愛する人が水に溺れる。命が保てる時間をただ一心に見つめる。時計を握りしめて残された命を身じろぎもせずに見る。

悲しみを思い出して宙人が呟いた言葉を、皆ただ黙って聴いていた。

「俺は他人の言葉にいつも懐疑的だ。人の言葉が圧倒的に正しいと思うことは少ない」

頭を掻いて、大吾が肩を竦《すく》める。

「だが、今は伊集院の言葉が正しいと思う。そうだった。賢治には深すぎる悲しみがあったな」

「あの父親は、トシの臨終《りんじゅう》を告げた医師でもあるのかもしれませんね。冷徹に見えるのは、賢治の記憶なのかもしれません」

篠田もカンパネルラとトシへの悲しみを重ねることには、同意を示すとともに気持ちを落とした。

「そう思うと辛《つら》いな。随分と」

看取った瞬間の再現なのかと大吾がため息をつくと、不意に隣で、正祐が一しずくの涙を零《こぼ》す。

「……どうした」

「物語に入り込むことと」

思いがけず零れてしまった涙を恥じて、正祐は右手で拭った。

「共感することは別だったようです、私は。銀河鉄道は美しいものでした。けれど賢治には」

隣にいる正祐に、ポケットに入っていた薄水色のハンカチを双葉が渡す。

「僕にも、最近まで銀河鉄道はずっとそこにいたい美しい列車だったよ」

きっと意味がわからないだろうことを、説明はせずに告げた。

「ありがとうございます。……ご自身の、作品のことですか？」

ハンカチを借りて、ふとその一致に気づいて正祐が顔を上げる。

「さて、なんのことだろう。……君、珍しく東堂先生が君を認めたよ。この機会に発端のトルストイを覚えてしまってはどうだい？」

読解力だけは長《た》けている正祐に、銀河鉄道を降りたことを悟られると思わなかった双葉は慌てて、反対隣の若い愛人に教育の矛先を向けた。

「え？　つみとばつ？」

「それは同じロシア文学者のドストエフスキーの作品だ。けれどみなさんがおっしゃったように、確かに遠くはない」

「トが一緒だよね」

「ドは濁音だよ。綴りが違う。だが音などは後でいい。トルストイとドストエフスキーはともに世界中の文学者に影響を与えているにも拘《かか》わらず、真逆でありよく似た双子のような作家だ。社会主義者とそれを切り捨てた者でありながら、訴えることは何処《どこ》か似通っていて」

「ムリムリムリムリ！　もうムリ。生ビールもらってくる俺！」

正祐に真理に近づかれたせいで突然ロシア文学講義を始めた双葉に、「ムリ！」と言って宙人が厨房《ちゅうぼう》の方に行ってしまう。

「時々ああなる……」

今は確かに自分が突然ロシア文学を口から大量に流し込もうとしてしまったが、家庭教師をしていても素直に呑み込むときがほとんどなのに時々ああやって癇癪《かんしゃく》を起こすのは何故なのかと、双葉はため息を吐いた。

「バケツが簡単にいっぱいになるんだろう。俺にはわからん感覚だが」

知識としてそういうことがあるのは知っていると、大皿の料理を平らげながら大吾が宙人の後ろ姿に呟く。

「けれどバケツは段々と大きくできますよ。溢れさせることも必要なんじゃないでしょうかね？」

自分もそうやって学んできたと、篠田は双葉に教えた。

「それが伊集院先生の成長というものなのではないでしょうか。今はまだそんなに入らないいんでしょうけれど、以前よりはバケツも大変大きくなられたと私は感じ入って感動さえしております」

一時期は宙人の教育を請け負ったことのある正祐が、それでも前よりはバケツが大きくなったと感心を示す。

「近頃私は……もしかしたら白洲先生に命を助けられている気がします。頭に血が上ることや動悸《どうき》がすることが極端に減りました。寿命が延びていることに間違いはありません」

ほとんど口語に近い言葉で書かれている宙人の校正も担当しているので、実のところ正祐の心にあるものは感心などという生易《なまやさ》しい感情ではなかった。

「バケツ……」

一人コツコツと自分のペースで本をひたすら読み続けた双葉には、他人のキャパシティへの理解が今までなかった。

「生ビール貰ってきた！」

けれど期せずしてこの「宮沢賢治を語る会」にて、三人の他人に人間にはそれぞれのバケツがあり段々と大きくもなると教えられる。

「ねえ」

君のバケツ、というのは、双葉の生半可ではない美意識に反した言葉だった。

「うちのリビングに、こういう乳白色の花瓶があるよね。淡いブルーや菫《すみれ》色の蜻蛉《とんぼ》が浮いている」

「エミール・ガレか」

「白洲先生は本物をお持ちなんですね。お似合いです」

「本物ですか。さすがですね」

三人の他人はなんの話が始まったのかわからないまま、それは白洲絵一の館にならばエミール・ガレの美しいガラス工芸などいくらでもあるだろうと呑気に聞いていた。

「庭の花、時々活《い》けてるやつ。あんまり切らないでよー」

「ガレの花瓶に花を活けるとは……意外と豪胆だな、あんたも」

花が飾られているところなど見たことがないと、大吾が双葉の意外な側面に感心する。

「そうだね。きれいに咲いているものだから、それは僕がいけなかった。君の中には、ああいう花瓶がある」

「うん?」

はてなマークの宙人とともに、三人の他人も皿の上の料理を食《は》みながら一緒に「?」と体が右に傾く。

「僕が君に家庭教師をしている時に、時々その花瓶の水がいっぱいになる。イメージできるかい?」

「さっきなった。いっぱいに」

ひどいよ、と宙人は生ビールを呑んだ。

「花瓶より多く水が入れば溢れるけれど、水を飲み干すことは無理ではないんだよ。いっぱいの水はやがて花が吸う。そしてきれいに咲く」

家庭教師としての、いや愛人への双葉の語り掛けに、右に傾いていた体を起こして三人の他人は目を剝《む》いた。

「伊集院がガレの花瓶だと？　しかも蜻蛉の。甘い……砂糖より蜂蜜よりザラメより甘いぞ！」

「そんなにも甘やかすことが果たして教育と言えるでしょうか」

自分は宙人にも弟にももっと冷酷に厳しかった正祐が、目の前で展開された甘やかしに能面のようになる。

「まあ、やさしい方が人は素直に聴くことも、ありますからね」

特に否定はしないものの、篠田も愛人たちの教育問題には言葉が途切れ途切れになった。

「俺、甘やかされてるの？」

「そんなつもりはない。僕はただ教えているだけだ」

出会ってから今日まで、宙人とのやり取りを二人きりでしてきた双葉は、三人の他人の前で家と同じように振舞ったことが問題だったとやっと気づいて、果てしなく狼狽《ろうばい》した。

さっきダイエットを口にした宙人に「好きに食べなさい」と双葉が言ったとき、皆が微妙な顔をした理由が判明する。

「愛を知り人を知り、作家として凡庸《ぼんよう》になってくれればいいものを」

衒《てら》いなく大吾が、にっくき好敵手としての望みを言葉にした。

「凡庸ではないですが、最近の白洲作品のような光景ではありますね。内面と小説の一致を感じるのは一読者としては嬉しいものです」

牡蠣を呑み込んで、篠田は声に出してからしまったと慌てる。

「……僕の？」

まだあまり縁のない個性的な眼鏡の篠田からかけられた言葉に、ここのところ自分の胸の内で思うことを双葉は初めて外側からも伝えられる。

「申し訳ありません！　こうしたプライベートな場で口にすることではありませんでした。つい」

「いや、そんなことは」

実際。

世間に阿《おもね》って、計算づくで書いてきたはずの共感とやさしさの世界に、近頃双葉はあまり不満を感じていなかった。以前は自ら軽蔑さえしていたのに。

「つい、見ていて自然と口をついた、か。理性と安定した道徳感の守り人である篠田さんに、うっかり公私の壁を外させるとは。同業者としてはやっかみたくなる」

「自分はちゃんと東堂先生の御本も、筆名を全てカバーで隠す徹底的な対応をしていますよ。

ご安心ください心頭滅却できていればしません」

「あんたな……」

やっかむ必要はないと篠田は言ったが、大吾はますます不満を露わにした。

「甘やかされてるんだ。俺」

「そう思うなら、今日からロシア文学の講義に入るよ。僕だってトルストイには傾倒している」

「もっと簡単に喋ってー。それにロシアは千年先だってさっき言ったじゃん」

朗《ほが》らかな声で言って、おいしそうに宙人が上海蟹味噌あんかけ焼きそばを食べている。

「千里と言ったよ。千年では生きているうちに君の上にロシア文学の灯が灯らない」

いつの間にか自分の手元にも小皿に分けられていて、口に入れると慣れない味だったが双葉にもおいしかった。

「あ、しまった。ロシア文学で思い出したが」

「俺にその灯灯るの必要？　ロシア文学で思い出すことがあるとかマジでイミわかんないよ……」

だいたいテーブルの上の中華を食べ終えたところで声を上げた大吾に、宙人が一人どんよりとした声を漏らす。

「三時から社会党が緊急会見をするんだ。どうもいつもと様子が違うんで気になる」

「浮足立っている感じがしますね、メディアも。自分も興味はあります。ここに長居し過ぎましたし、一本向こうの居酒屋が昼から開いてますよ。テレビがあります」

わざわざ断られなくても充分伝わる「自分はノンポリですがね」という空気を醸《かも》して、篠田は掌《てのひら》で「一本向こうの居酒屋」を指した。

「二軒目といくか」

会計のために大吾が手を挙げて、勘定《かんじょう》書きを見て篠田が割り勘の計算をする。

当然二軒目も全員で移動するという流れは誰かが作った訳でもなく、抗《あらが》う相手がいないので双葉は身を任せる他なかった。


大きなテレビのある早い時間に開く大衆居酒屋は、年配の男たちで席が埋まり始めていた。

「早いな、年寄りは呑み始めるのが」

長いテーブルのテレビの向かいに座った大吾《だいご》が肩を竦《すく》める。

「まあ、土曜日ですから。自分たちも同じですよ」

その向かいには篠田《しのだ》、大吾の隣には正祐《まさすけ》、正祐の向かいに宙人《そらと》で隣に双葉《ふたば》は座っていた。

こういう人づきあいに、双葉は全く慣れていない。慣れていないというよりまるで経験がない。

「生でいいか？　生五つ。枝豆と冷奴《ひややっこ》、三つずつ」

大吾が適当に注文をするのに、口を挟む流儀も知らない。以前の双葉なら、何かしらの呪詛《じゅそ》を残してさっさと帰った。

「もうお腹いっぱい？」

隣から尋ねてくる、邪気がまるでない宙人がいるからか、驚いたことに双葉はこの場が疲れない。

「充分食べたよ。おいしい中華だった」

「よかった」

笑った宙人を、双葉はじっと見た。

甘やかしていると評されたが、実のところ双葉にはこの半年自覚はなかった。皆に見られたままに宙人に接していた。やさしさというのは心地がいいから危険だと、去年の二月に宙人に出会ったとき水を飲むように潤ってしまったことを思い出す。

潤っているなら、それでいいのではないかと自分に問う。

けれど今が幸福だと思うにはこれまでの人生を否定する思いがするくらいには、随分長い時間双葉は暗夜の中にいた。

――そうだね。大人になったら、みんな自由になさい。

クリスマス・ツリーの周りにいた子どもたちに、双葉は何気なくそう告げた。

大人になって、自分もやっと暗夜を出て自由になったから言葉になったのだろうか。

「無礼を承知で、尋ねてみたいことがあるんだが」

いつでも男という字は漢と書くような声を発する大吾の声が、自分を向いていることに気づくのに双葉は時間が掛かった。

「何かな」

「その……伊集院《いじゅういん》と二人で何を話すことがあるんだ。あんたが」

「なんてことをおっしゃるんですか」

前置き通りの無礼を正祐が叱ったが、尋ねた当の大吾はいつものような傲慢《ごうまん》な様子ではない。

「いや、すまん。ただの興味を口に出して俺も節操がないな。おまえと俺の間には共通の話題ってもんがあるだろう？　おまえと篠田さんも然《しか》りだ」

それが文学のことを言っているのは、宙人も含めて誰にでもわかった。

「映画の話してるよ。ふた……絵一《えいち》さん、映画が好きだから」

また本名で呼びそうになって留まり、宙人がらしくなく無難な答えを探す。

「クリスマスに、絵一さんが好きだって言うから『禁じられた遊び』観た。悲しかった」

「また随分と古い映画ですね。自分も好きですよ。特にあのラストが」

「ええっ⁉　篠田さんあんな悲しいラスト好きなの⁉」

「あれは名作だ。ラストが秀逸《しゅういつ》だろう」

篠田に異存はないと、大吾は肩を竦めた。

「東堂先生も⁉　めちゃくちゃかわいそうじゃん！　絵一さんだってポーレットとミシェルがもう一回出会えて末永く一緒に暮らせたらいいねって言ってたよ？」

正祐はその映画を観ていないが三人の他人は共に、恐らくそれは双葉が愛人をまた甘やかした結果の嘘なのだろうと察する。

人の気持ちの機微に敏感な双葉は、「さすがにその甘やかしはない」と非難する三人のまなざしに、額に指を置いてただため息を吐く他できることは何もなかった。

「僕が子どもの頃に観た、好きな映画でね。『禁じられた遊び』は。クリスマスに彼がツリーを飾っている時に十字架があったので、それで思い出して久しぶりに観たんだ」

観たという事象を言語化するのが精一杯で、「ポーレットとミシェルが再会できるといいね」などという嘘を確かに吐きましたとは言えない。

言えないだけでなく、「何を話すことがあるのか」という問いには、「ある」と言いたい気持ちが湧いた。

今宙人が、自分のために彼自身を恥じて、無難な話題を選んだことはわかったので。

「映画も観るけれど。彼が丹精してくれている庭木のことや、食事のことや」

それに、今言葉にする気にはなれないが、本当はクリスマスの夜宙人に騙《かた》ったポーレットとミシェルが再会する未来を双葉は望まない。

あの映画を観てミシェルが自由になれてよかったと双葉が思うのは、自分がかつて愛した人の手を、放せたからだ。

「ごく普通の話だよ。彼としているのは」

長く、お互いを強く締めつけて絡まる蔦《つた》のように手を摑《つか》んで放さなかったあの人と、さよならをして歩き出してよかった。

自分には似合わない穏やかさはまだ持ち慣れないが、慣れていこうと、ふと双葉は思えた。

今でもまだ、駅で硬いベンチに座っている夢を見ることはある。仕方がない。二十年近くも見ていた夢だ。

「楽しい時間を過ごしている」

素直な気持ちを、甘やかしを目撃した三人に打ち明ける。

長い夢から簡単には醒《さ》めないのは、きっと誰もがそうだろう。それでも近頃、双葉は夢の中でベンチに一人で座っていることもある。隣にいたとしても少年だった彼の顔はもう、ほとんど見えていない。

「失敬なことを訊いたな。すまん」

本当に珍しいことに、大吾がまっすぐ双葉に謝った。

「かまわないさ。世界中が興味津々《しんしん》だろう」

口惜《くちお》しいが双葉には、大吾が他人の純粋な思いを決して侮辱しない男だとはわかっていた。

だから彼が嫌いだった。

彼が今侮辱するまいと思った純粋な思いが宙人の思いなのか、自分の思いなのか、または両方なのかまでは答えは出さずにおく。

「一時のことだろうから、せいぜいこの衆目を集める時間を楽しむこととするよ」

「衆目か、言い得て妙だ。それで思い出したが、丁度ルネ・クレマン映画音楽祭の招待状が来ていたな。犀星社《さいせいしゃ》から。四月だったたか、少し先だが」

ルネ・クレマンは「禁じられた遊び」の監督で、他にも「パリは燃えているか」や「太陽がいっぱい」など音楽に秀でた映画が多く、その招待状は犀星社からここにいる全員に届いていた。

「犀星社はまた協賛に名前を連ねているようだけど。最近賑やかだね」

宙人に言われて双葉は同じ招待状を開けてはいたが、犀星社事情に詳しくないので何故《なぜ》映画音楽のコンサートに協賛しているのかはわからない。

「イギリス戯曲全集を発行したときに、オペラシティでの国際交流に初めて協賛したんだそうだ。あんたと伊集院がイギリスの新聞にも載った、あのコンサートが犀星社だけでなく国際文化事業として大成功を収めたらしい。継続事業になったんだろう」

去年の十月の終わり、欧州からオーケストラとオペラ歌手を招いた「マイフェア・レディ」のコンサートに老舗《しにせ》の出版社犀星社が協賛で名前を連ねた。その関係者席で宙人がタキシード姿で双葉の肩で深く眠ったことは、世界中も知っているがここにいる三人は同じ列で目撃している。

「白洲《しらす》先生と伊集院先生が一役買ったのかもしれませんね」

世間のことなどまるで疎《うと》いのに、核心を突くことを意図せず言って正祐が微笑《ほほえ》んだ。

実のところ、タキシード姿の見た目だけはいい二人がそうして広告塔になったことに間違いはなく、音楽と小説や戯曲、映画を国際的に結び付けたコンサートは今後も定期的に予定が組まれる。

「あんたらが行くなら行くとするかな」

当事者である双葉と宙人に、大吾が揶揄《やゆ》ではなく笑った。

「珍しいことをおっしゃいますね」

誰かがそうするなら自分もそうするというのは全く大吾らしくない言葉で、不思議そうに正祐がいつでも眠そうな目を見開く。

「何しろ文学界において衆目を集める者達が正装で現れるなら、それは現代文学者として記憶に残したい」

「なるほど。それは私も目撃したいです」

「そう言われると、自分も目撃して記憶したいですね。コンサート事業にはそもそも興味がありましたが、出かける意欲が一つ増えました」

人数分やってきた生ビールを配りながら篠田が笑うのに、他者に自分と宙人の関係性を認められることを拒む理由は、双葉にももう見つけられない。

「どうする?」

それでも宙人は、人前に出ることについては双葉の意思を尊重した。

「行こう。『パリは燃えているか』の音楽は素晴らしいよ。今度は眠らないようにね」

「それ自信ない。でも『禁じられた遊び』のギターきれいだった」

きっと眠ってしまうのだろう宙人の言葉を、もう愛情しか乗せられない小さな笑みで双葉が見つめる。

「俺は『太陽がいっぱい』の音楽も楽しみだ。またオペラシティのようだから、終わったらメシでも食おう」

なんでもないことのように大吾がまたこのメンツで食事をしようと言うのを、どうしてもとても不思議な気持ちで双葉は聴いた。

「乾杯」

大吾の声とともに全員で軽くジョッキを合わせて、生ビールを呑む。

双葉にはまるで馴染《なじ》みのない場所、馴染みのない味だったが、誘いを寄越した大吾への感情が多少軟化する程には愉快に思えた。

オペラシティの後に、盛装でこの五人で食事をすることが楽しみに思える。今までの双葉にはあり得ないことだし、まるで持たなかった時間だ。

適当に選ばれた割には、枝豆や冷奴が旨い。

幼い頃からトルストイ的な思想に寄って「農民芸術概論綱要」に耽溺《たんでき》したにしては、あまりにも自分は世間を知らないと思い知る日にもなった。

捨てられないと思っていた生まれ落ちた暮らしは、もっと早くに手放してしまえたのかもしれない。

「けれどそうすると……」

隣で枝豆を食《は》んでいる宙人を、双葉は見た。

「どしたの？　やさしい顔」

「……そんなつもりはない」

やさしい顔と言われたそのまなざしで今双葉は、十代の頃に家を捨ててしまえば宙人に出会うことはなかったと、思っていた。

違う人と、違う道を歩いていただろう。その道がどんな道だったのか、今はもう想像もつかない。ミシェルとポーレットが再会した未来よりも、双葉にはわからない。

「……幸せでいてくれれば、いいけれど」

あの人もと、小さく双葉は独り言ちた。

「お、始まったぞ」

大吾だけでなく店内の人々も待っていた会見が、多くのシャッター音とともに始まった。

『自由党の長期に亘《わた》る大掛かりな違法献金についての告発を受け、調査の結果臨時国会を召集すべきだと判断いたしました』

この緊急会見がいつもと違うというのは街中でもごく当たり前に話題になっていたようで、社会党幹部会委員長と書記局長が重々しく語り出すのに、店内は注目して静まった。

『現在副総裁を務める中井一郎《なかいいちろう》議員が文部大臣として入閣した1992年から、大型公共施設の建設予定地を不正に一社に漏洩《ろうえい》。その一社が形態を変え大型公共施設近くにショッピングモールなどを展開するという形で巨額の利益を計上し、中井派への不正政治資金は調査済みのものだけで二十億を超えロッキード事件にも匹敵する大規模汚職事件であることは既に確認されています』

「どういうこと？」

店内はざわめき、宙人は何一つ理解できないとテーブルの面子に尋ねる。

「現政権が倒れる規模の汚職事件の告発だ。だが何処《どこ》から出た話なんだか」

「唐突ですね。まあ、これだけの規模が本当なら事前に相当な地固めをしておかないと告発の前に潰されるでしょうから」

「むしろ唐突であることで信憑性《しんぴょうせい》が出る。打って出るには何か持ってるだろう」

社会派としてというより、大吾と篠田は今のところまだ社会派小説を読み解くように会見を聞いていた。

「おもしろい？　これ」

　宙人がそっと、双葉に尋ねる。

「さあ」

　実のところ双葉にとっても興味深い会見ではあったが、表には出さずに静かに宙人に笑った。

　現政権の中には、トップに程近いところに父親がいる。随分長いこと会っていない父とは、思想的には合わなかったがとても立ち向かえるような存在ではなかったので、双葉は用意されていた自分の人生を歪《いびつ》に捨てたのだ。

　彼と家を出ようとして、それが叶わなかったので「神代双葉《かみしろ》」を捨てた。

　曲がりくねった暗夜を歩いてきたと、最近になって何度でも思う。今日も今も、また強く思った。

　この春にはきっと今までよりもっと多くの花が咲くのだろう庭に差し込む光に出会って、新しい時間を、双葉は生きている。

　早く夢から完全に醒《さ》めたい。永遠かと思うほど彼と乗っていた銀河鉄道を、もう降りたのだから。

『証拠はあるんですか？』

『情報の出所を示してください！』

　集められた記者たちからは、当然の質問が飛んだ。

『昨日、一月十一日を以って自由党を離党した』

その情報提供者を紹介すると、社会党書記局長が立ち上がる。

『神代官房長官の元公設秘書です』

呼び込まれて、下手に立っていた黒いスーツの男が壇上に上がった。

神代官房長官という言葉とともに顔を上げた双葉は、光の降る庭から俄《にわか》に銀河鉄道の硬い椅子を振り返ることとなった。

「随分な男前だな。自由党の党員だったのか」

「若い頃のアラン・ドロンみたいですね。噂をすればというか、『太陽がいっぱい』の頃の。神代代議士の公設秘書ということは、情報を持って社会党に入党したと」

俄に情報が信憑性を持ち尚且つ盛り上がるのに、大吾と篠田が映像の中の男を評する。

「右から左へ。まるで小説のようですね」

どんなことでも小説のような正祐からは、最大限事象を称える言葉が出た。

何も聴こえず、呆然と双葉は黒いスーツの男を見つめた。名乗られなくとも、双葉には生まれたときからずっと傍にいた人だとすぐにわかる。

『この件は、正しさを決して手放さなかった彼からのリークです。証拠も全てここにあります』

男から手渡されたデータを、書記局長は掲げた。

『本日付けで、白州英知《しらすえいち》氏を社会党に迎え入れます』

「って言っても、昨日までの自由党公設秘書だろ。官房長官の」

後ろのテーブルから年配者の野次が飛ぶ。

「資本主義を絵に描いたようなオーダーメイドのスーツじゃねえか」

一目でいいものだとわかるスーツを、店内の客が皮肉った。

まるでその言葉を待っていたかのように、男はジャケットをクラシカルな映画の所作のように颯爽《さっそう》と脱いだ。ネクタイを外して、縁台の上に叩きつけて笑う。

『私の人生の全てを捧げます。ずっと持ち得なかった正しさの方角を見つめて』

低くよく響く声で静かに言い放って、白州英知は一度胸に手を置くとその手で社会党の幹部会委員長と堅い握手をした。

あまりの見ものに、野次を飛ばしていたテーブルを含めて店内から拍手喝采が起こる。

「……水を差したくはありませんが、相当な仕掛け人がいますね」

これは大掛かりなエンターテインメントとも言えると、小声で言った篠田はあくまで冷静だった。

「劇的過ぎるな。ジャケットを脱ぐタイミングも秒単位で決めたんだろう。演出がしっかりしている。だが痺れることは痺れるよ、俺は」

「映画のようにですか?」

情人が政治的だとはわかっているが、自分自身は政治ごとに深くない正祐が大吾に尋ねた。

「少なくともこの男前は人生を賭けてる。右から左に、名前と顔を出してのリークだ。このリークが本物ならの話だが。他人のしたことを正しい選択だと断言できる機会は少ない」

「このリークが本物なら、確かに正しい選択ですね」

店内はそのリークに盛り上がっていたが、大吾と篠田は淡々としている。

まだ映像の中にいる人を見ている双葉は、その政治談議に参加するどころではなかった。

「あの人……」

隣の宙人は、興味のない会見をやっとちゃんと見て、その黒いジャケットを脱いだ男と去年オペラシティで会ったと思い出した。

「疑いますか?」

本以外の知見はないに等しい正祐が、リークのことを大吾と篠田に尋ねる。

「俺は情報には普段から細かく懐疑的だ。仕事柄も、個人的にもだ。最初に信じ込むと、疑う余地が消えるだろう」

何事も鵜呑みにはしないと、大吾は正祐に答えた。

「このリークは」

ようやく皆の言葉が聴こえてきて、ほとんど無意識に双葉が口を開く。

「本物だと思うよ」

何か言葉を発しないと、さっきまできれいな水の中で穏やかにいた心が流されてしまいそうだ。

もと居た場所へ。

「ねえ……待って。待ってよ」

何処かに心が流れていくのが宙人には見えて、双葉の手を握る。

「白州英知……テロップに出た字は違うが、あんたと同姓同名だな」

呟いて大吾は、去年双葉が話した出自のことを言外に醸《かも》した。

今日も話題に出た、トルストイ的な思想とは対極を行く政治家の家に双葉が背を向けたことを大吾は覚えている。

「偶然じゃあなさそうだな。それならどっちがなのかは知らんが、随分な情念だ」

「さて！　社会党から擁立《ようりつ》されて、白洲先生と同姓同名の議員誕生は話題になるかもしれませんね。でもこうまで姿顔立ちがいいと嫌味に受け取られませんか？」

賢明な篠田は、与党から離反した元公設秘書が今後野党の代議士になるのだろうに、そんな大事の個人的情報など一切耳に入れたくないと、笑顔で大吾の話を断ち切った。

「よく見ろよ。アラン・ドロンみたいな男前だが、アラン・ドロンみたいな色香がない。嫌味がない、男も惚れる男前だろう。政治家には向いてる。いささかプロパガンダ要素が強くて不安なほどにな」

スキャンダルがなければの話だがと、篠田が聞きたくない部分は大吾も篠田のために言葉を止める。

「ま、頑張れよ。伊集院」

席が離れていなければ肩を叩いただろう軽さで、これはもう無理だなと大吾は肩を竦めた。

「がんばってるよ、俺！　いつも、ずっとがんばってたきたよ‼」

隣で宙人が、双葉の手を摑んで放さない。

双葉は皆とは、全く違う時間の中にいた。

宙人と出会ったのは、文学界の最高峰である賞の地固めにパーティーに出たからで、気づくともうすぐその季節がやってくる。

いつでも有力候補と言われて喉から手が出るほど欲しかったその賞のことを、今年の双葉は忘れていた。

どうしてもその文学賞を得ようと十年以上作家として阿《おもね》ったのは、力が欲しかったからだ。今映像の向こうにいる白州英知とともに生きるための、家を、父を黙らせることができる力が欲しかった。

「あなたの方が動くことを……僕は想像したことがなかった」

神代官房長官は、双葉の実の父親だ。

その第一秘書を長く務めた盟友は、今はもう亡い白州英知の父親だった。

「帰ろう？」

手を強く握られて、声の方を振り返る。

声を聴くまでのこの刹那《せつな》、双葉は宙人が隣に座っていることを忘れてしまっていた。


ぼんやりとしている双葉《ふたば》の代わりに宙人《そらと》が二人分の会計を置いて、店を出て一月の陽が完全に落ちた往来に二人は出た。

言葉もなく歩いて、西荻窪《にしおぎくぼ》駅についていつもと同じように一緒に鎌倉《かまくら》行の列車に乗ろうとしている宙人に、双葉が立ち止まる。

「今日は、一人で帰るよ」

混乱が大き過ぎた。それだけ言うのが、本当は精一杯なくらいの混沌《こんとん》が双葉の思考と視界を占めている。

唇を嚙み締めて、宙人は双葉を改札の前で抱きしめた。

土曜日の夜に向かう、多くの人が見ていく。

「あの人だ。双葉さんの中にいた人」

オペラシティで出くわした時には持てなかった確信を、宙人は持ったようだった。

「また……双葉さんの中に戻ってきた！」

「何も」

戻ってきたと断言した宙人を、双葉の方で遮る。

「何が起こっているのかわからないんだ。さよならをしたはずだった」

お互いにさよならは言葉にしようと双葉から言って、「さようなら」を聴いた。

彼は自分から踏み出す人ではない。

そうだ。

生まれてからずっと彼は、双葉の望みに抗《あらが》ったことがなかった。

「……そうか。だから、彼はさようならを言ったんだ……」

いつも通り、自分の言いなりになってあの人は「さようなら」を言った。

心では戻ってきてくれることを望んだ庭のデッキに彼は戻らなかったけれど、強すぎる力で双葉の元に帰ろうとしている。

現実的な方法で。

「もう、あの人しかいなくなった？」

「違うんだ」

悲しそうな宙人の声に、すぐに双葉は否と言えた。

「驚いてしまって。今は他のことが考えられない。だから」

少し高いところからまっすぐに自分を、宙人は見ている。

「今夜君がそばにいたら」

嘘も芝居も、忖度《そんたく》も得意だったはずなのに、双葉は今都合のいい言い訳が何一つ思い浮かばなかった。

「きっと、傷つけてしまう」

「……双葉さん」

傷つけることを回避したいと言った双葉に、戸惑って宙人が目を見開く。

きっと宙人が驚いたのと同じ理由で、双葉も驚いた。

「僕は君を」

彼のことで心の中はいっぱいだったのに、宙人の顔が、双葉の瞳に見えてくる。

「ついこの間まで、本気で殺そうとしていたのにね」

「そうだよ」

真顔で言った双葉に、宙人が和《なご》ませるように小さく笑った。

けれど、殺そうとしていたのに今は傷つけまいとしていると、本当は双葉は言おうとしたのではない。

一年前宙人に迂闊《うかつ》な出会い方をして、双葉は世間にそれを知られる前に宙人を殺さなくてはならないと思い詰めた。その時まだ監視という名目で時折鎌倉の館に通っていた彼、白州英知《しらすえいち》に、小銃を用意させた。

その銃でもし本当に宙人を撃ち殺したら、英知が埋めるしかない。

彼と自分の間に二度と離れられない秘密ができる。

「やっぱり、今日はこれ以上話さない方がいい」

あの時宙人を人間視していなかったことを、嘘がつけなければ双葉は打ち明けてしまうことになる。

「僕はまるで冷静じゃない」

傷つけたくないし、知られたくなかった。

「そういうときに傍にいるのが、恋人じゃないの？」

ごく当たり前のことを、真摯《しんし》に宙人は言った。

「君の言う通りだと、僕も思う。それが恋人たちの一般的なことだろうね。けれど」

自分を抱いている宙人の胸を、そっと双葉が押し返す。

「今、僕はかつてなく自分を見失っている。感情がまるでコントロールできない」

「あの人のことを考えて？」

「生まれた時には、もう傍にいた人なんだ」

彼が自分にとってどんな人なのか、オペラシティで出会った時に宙人に話しておくべきだったと、無意識に双葉は後悔した。

「彼と一緒にいるためだけの時間を……過ごしていた。去年まで」

「俺と、つき合うまでってこと？」

「そうだ。ちゃんと話しておけばよかったけれど」

思ったことが、声になって口から出ている。

「今日じゃないよ。今日の僕に、君を傷つけさせないでほしい」

お願いだと、らしくない痩せた声で双葉は宙人に言った。

長い時間、宙人が黙り込む。その時間ひたすら、宙人は双葉の瞳を見ていた。

「わかった」

いつものように、精一杯宙人は大きく笑った。

「改札で見えなくなるまで見送る」

抱き合っていた二人を立ち止まって見ている人も多い。

「ありがとう」

人目を気にする双葉なのに、道行く人の視線に気づく余裕もなかった。

「ねえ、二月本当の誕生日だよね」

歩き出した双葉に、宙人が声を掛ける。

「ああ……そうだね」

筆名、白洲絵一《えいち》のプロフィールは、さっき黒いジャケットを脱ぎ捨てた二つ年上の白州英知のもので、公表している誕生日は七月だが双葉の本当の誕生日はもうすぐだ。

「行っていい？」

「もちろんだよ」

振り返って、即答した自分が双葉は不思議だった。

「二月八日。料理しないで待ってて。いろいろ持って行くね」

双葉の頬に、宙人が触れる。

いつもの仕草なので、宙人がキスをしたいのだと双葉にはわかった。

けれど宙人は、絶対に領土を侵さない。してほしくないことをしない。今双葉が入ってきてほしくないその線から、入らない。

「行くよ。さようなら」

さようならと言って、宙人の目が悲しみに曇るのが伝わった。

「また」

だから無意識に、「また」と告げる。

宙人が笑ったのを見て、双葉は改札を潜った。

けれどさっき皆に話した、クリスマスに宙人が光るきれいな十字架を土に挿してくれた記憶が薄れていく。

双葉にとって十字架を挿してくれたミシェルは、英知だった。

何もかも言いなりだった英知が双葉との約束を守らなかったのは、たった一度だけ。全てを捨てて二人で銀河鉄道に乗るはずだった真夏のホームに、彼はこなかった。

だから双葉と英知は、長い時を銀河鉄道の硬い椅子に座って黙って並んで生きてきた。

宙人が現れ、カンパネルラと別れて、双葉は銀河鉄道を降りたつもりだった。


三十六歳になる瞬間に一緒にいたいと、宙人《そらと》は二月七日に鎌倉《かまくら》を訪れた。

玄関を開けるなり、不安を湛《たた》えた目をして宙人は双葉《ふたば》を抱きしめた。

西荻窪の改札で「一人で考えたい」と告げた自分を、その心を押し殺して宙人が尊重してくれたことが、よくわかった。

「庭に君が咲かせた花がたくさんあるのに、切り花を持ってきてくれたの？」

宙人の中にある器だと説明したガレの花瓶に活けた花を、宙人が整え直すのをソファから双葉が眺める。

「うん。双葉さんのことイメージして選んだ。春の花が並び始めたから」

確かにガレの花瓶に実際に花を活けている者は少ないだろうと大吾《だいご》の言葉を思い出しながら、落ちついているけれどきれいな色合いの花を双葉は見つめた。

食事は最初のデートで行った西荻窪《にしおぎくぼ》のビストロから宙人がテイクアウトしたものをあたためて食べて、きれいな泡のシャンパンを呑んだ。

「ラナンキュラスだね」

食後のシェリー酒を呑んで、薔薇《ばら》のような形をしているけれどもっとやわらかな棘《とげ》のない花の名前を双葉が口にする。

「そう。きれいでやさしそうで、双葉さんみたいだなって思ったんだ」

薄いピンクや、ボルドーに近いいくつかの色でラナンキュラスはグラデーションになっていて、本当にきれいだった。

そういう風に宙人には自分が見えているのかと、双葉には不思議な思いがした。今はぴったりと一致しないことが悲しい。

「本当に随分、やさしい色だ」

よかったと宙人は笑って、双葉の左隣に座った。

左手に、宙人が右手をそっと乗せる。

「今日は、キスしてもいい?」

尋ねられて、「いいよ」と小さく双葉は答えた。

ゆっくりと、唇が重なる。くちづけは段々と深くなった。

何も、英知《えいち》のことを宙人は尋ねない。双葉も報告することは何もなかった。

相変わらず紙で読むことに固執《こしつ》している新聞から、日々英知が政治の表舞台で活躍し時の人となっていることは知っている。国会にも証人として招集され発言した言葉を、双葉は記事で読んだ。

英知は、双葉が乗っ取ってしまった名字を変えて自由党の代議士になるために婿に入ることを、去年の夏に拒んだ。そのため双葉の兄に叱責《しっせき》を受けて、今官房長官を務めている双葉の父が公設秘書として傍に置いた。

父親同士の代からの信頼だった筈だ。それは家に背を向けた自分にさえも完全に裏切れることではないと、双葉は思い込んでいたことだった。

「……どうした？」

いつの間にか、宙人がくちづけを解いて双葉を見つめていた。

何も言わず、悲しそうに笑って宙人が首を振る。

「彼は」

宙人に、ちゃんと話そうと双葉は思った。

「白州《しらす》英知は、僕の父親の秘書だった。元々は父の秘書が彼の父親で、僕らは生まれた時から同じ敷地の中に住んでいた。父親同士が盟友だったんだ」

話しておくべきだったとこの間西荻窪で思ったけれど、話そうと思えたのは今が初めてだ。

英知とのことは、双葉が作家であっても明文化するのはとても難しい。明文化できない、大切な永遠の秘密のように心の奥にいつでもあった。

「話してくれるの？」

問いかけられて、宙人が何もわかっていなかったのではなく、訊かないでいてくれたのだと今更双葉が知る。

一年前に出会って、怒涛《どとう》のような勢いで生活を侵された。そう思った。何しろ小銃で撃ち殺そうと本気で思い詰めた程だ。

けれど宙人は心の中に無理矢理入り込まない。無理矢理入り込まないのに、少し腹立たしいが双葉の心の中でもう息をしている。

だから今、双葉はちゃんと宙人に話そうと思えた。

「僕の筆名もプロフィールも、全て彼のものなんだ。二つ年上で、誕生日は夏」

ずっと唯一だった人だ。それでも彼が誕生日を迎える去年の夏に、手を放したつもりだった。

「……大好き、だったんだ？」

過去形にしていいのか、宙人が悩んで言葉が止まったのがわかる。

「愛してた。だけど」

だけどの続きには、たくさんの言葉があった。

さよならをした。そばにいただけだった。何もなかった。

「一度だけ……キスをした。僕が十七歳の夏休みに。一緒に家を捨ててほしいと僕がお願いして、約束のキスをした」

だけどもう愛していないとだけは、続けられない。それは今の双葉には断言できない。

「家族は、捨てなかったんだね」

「僕は捨てた。約束の駅のホームで彼を待ってた」

そして英知は来なかった。そう双葉は覚えているけれど、本当はその夏の朝の記憶は曖昧《あいまい》だった。

「……そう、記憶してる」

もうすぐ二十年が経つ。曖昧になる一方なのは、当たり前のことだ。

「家族と、双葉さん会ってないの？　ずっと」

「十八歳で大学進学とともに家を出たよ。実家からの援助を受けながら、彼の名前と人生を乗っ取って文壇デビューしたんだ」

家族のことを、宙人が気にしてくれているのが双葉の胸を痛ませる。

英知との時間を摑んで放さなかった双葉には、家族は顧《かえり》みることのない枷《かせ》だった。特に父を、双葉は疎《うと》んじた。

まだ何もわからない少年の頃から、父は英知に双葉を見張らせた。英知と二人きりで過ごした大叔父の本が残っていた蔵は、跡形もなく潰されてしまった。

「僕は、そのきれいな花のようにやさしくなんかない。そんなことができてしまうような、本当に酷《ひど》い醜い人間なんだ」

子どものように父を嫌い、学資も存分に出させた挙句家を捨てて、愛する人が何処《どこ》にも行けないように名前ごと人生を奪った。

「『よだかは、実にみにくい鳥です』」

宮沢賢治《みやざわけんじ》の「よだかの星」の最初の一文が、思わず双葉の口をつく。

自分は、名前を守ろうとしてきれいな星になったよだかではない。よだかのように名前を奪われたのは英知だ。

「醜い鳥ではあるよ、僕はとても。だけどよだかのように心が美しくなどない。少しも」

出会って、愛人となってからまだ短い時間だけれど、自分の話をちゃんと宙人にしなかった本当の理由に今更気づく。

こんなに醜い心を、宙人は愛せるだろうか。

打ち明けることが自分は怖かったのだと、双葉は知った。

「双葉さん」

名前を呼びかけられて、双葉は宙人を見上げた。

「小さい子だったんでしょう?」

頬を撫でられて瞳を覗かれて、目を逸《そ》らしたいのに逸らせない。

「その人を愛したとき、ポーレットより小さかったんでしょう? ポーレットだって、いいことも悪いこともなんにもわかってなかった。わからないから、たくさんお墓を作っててミシェルにお願いしてた。お墓がなんなのかもわからなくて、十字架がきれいで」

きれいでと言われて、双葉は、クリスマスに宙人が挿してくれた十字架を思い浮かべた。

「双葉さんは、ポーレットが悪い子だったと思う？　醜いと思う？　俺は思わないよ」

一つ一つ、多くはない語彙《ごい》の中からゆっくりと、宙人は言葉を探している。

「俺は」

双葉を傷つけない言葉を探してくれる。

「知らないことがいっぱいある。それで時々、人を傷つけちゃう。俺、醜い？　悪いやつ？」

宙人は双葉の心を癒《いや》す、慰める言葉を見つけてくれた。

「君は一生懸命勉強してる。何処かの誰かを傷つけたと思うたびに、一生懸命花瓶の水を吸い上げてるよ」

「そしたら、きれいな花が咲くね」

きれいな花のように、宙人は朗《ほが》らかに笑った。

「双葉さんも同じだよ。わからなかったこと、いけなかったって今思ってる」

「何十年も経《た》ってだ」

「一生わからないで終わっちゃうことだって、そういう人だっていると思うよ」

静かに言われて、去年の夏まで英知の手を掴んで、月に一度か二度通ってくる彼と一生をそうしていようとしていた自分を思い出す。

「そう思うと、怖いね」

宙人は幼子《おさなご》のように言うけれど、本当に怖いことを双葉は死ぬまで続けようとしていた。

「……そうだね」

償《つぐな》えない時間に、双葉も頷いた。

「いけないことだと、やっとわかったのに」

宙人がこの庭に光のように現れて、光が差したからきっと自分には今まで見えていなかった暗がりがわかった。

闇に彼との時間を閉じ込めていると知ったから別れを告げたのに、英知はどうして今まで一度もしなかったことを始めたのか。

彼の意思で、彼自身が行動するということを。

「どうしても、その人のこと考えちゃうね……双葉さん」

双葉の額に下りた髪を、宙人が撫で上げた。

額にくちづけられて、双葉が幼子に還る。そうして還った場所は、元に居た暗がりではない。

「あれから何も、連絡はないよ。オペラシティ以来、会っていない」

何か宙人を安堵《あんど》させられる本当のことはないかと探して、双葉は言った。

「双葉さん。俺」

鼻先を擦り合わせて、宙人が切ない声を聴かせる。

「双葉さんが大好き」

だからお願いと、小さな声がせがんだ。

お願いの先には、宙人もたくさんの言葉を持っている。

瞼《まぶた》にくちづけた宙人の背を、受け入れるように双葉は抱いた。

「ハッピーバースデー」

不意に、瞳を覗いて宙人が笑う。

「八日になった？」

「今日は腕時計してきたんだ。今なった。お誕生日おめでとう」

時計を見せて、宙人は双葉にキスをした。

「一年、双葉さんが健康で幸せで楽しいことがたくさんありますように」

凡庸《ぼんよう》な言葉だけれど、宙人は心から双葉に告げてくれる。

「それから……俺のそばに、いてね」

希《のぞ》みを、宙人らしくない細い声が言った。

何か答えようと言葉を探した双葉の耳に、車が門扉《もんぴ》の程近くの空地で停まる音が聴こえた。

去年の夏まで聞いていた音だ。

門扉が開いた。

硬い踵《かかと》が庭の中を力強く蹴るのがわかる。玄関の扉が二度叩かれて、開いた。

「……鍵、持ってるの？」

双葉は宙人に鍵を渡していない。それはただ必要を感じなかったからだ。宙人がここにいる時には双葉も必ずいる。

リビングに歩いてくる人が鍵を持っているのは、双葉に何かあったときのためという名目でもあったけれど。いつでもそうして、自分の居場所でもあるかのように彼はこの家に入った。

ただ以前の彼は、本当の影のように静かに家にいた。

こんな音を立てて、リビングのドアを開けはしなかった。

「誕生日には、間に合いました」

白いシャツに黒に近いダークグレーのスーツを纏《まと》った白州英知は、戸口に立ってソファに並んでいる宙人を視界にも入れなかった。

「お兄ちゃん……」

もうその呼び方はするまいと思っていたのに、十年以上の習慣で双葉は咄嗟《とっさ》に英知にそう呼びかけてしまう。

意味はわからず、宙人はただ双葉を見つめていた。

「会見準備から今日まで、一人になれる時間がありませんでした。けれどどうしても今日はあなたに会わなくてはと」

両手に、英知も花束を持っている。

透けるように真っ白な、真珠のように美しい薔薇の蕾《つぼみ》が束ねられている。

「クリスマスや誕生日に、あなたを一人にしたことはなかった。あなたが生まれてから、一度も。クリスマスは会見直前で準備があってどうしても抜けられなかった。ですから今日は無理矢理時間を作りました」

花を、英知はソファの前のテーブルにそっと置いた。

「どうして……あんなことを？　お兄ちゃんはずっと、政治には興味も野心もないって言ってたのに」

そのことが実は、会見の後から双葉には疑問で仕方なかった。

幼い頃から二人で、戦前から蔵に閉じ込められていたという反戦思想の大叔父の本を読み漁《あさ》った。父にも言われたし、この間大吾《だいご》が同じ言葉を使っていたが、まさに双葉は気触《かぶ》れていた。

けれど英知は自分につき合っているだけだとは、いつからかはっきりと気づいていた。

「代議士の第一秘書を務めて後に代議士となった父を持ち、神代《かみしろ》家とは心身一体だと言われて育ちました」

ゆっくりと英知が、双葉の前に立つ。

「あなたがお兄様とともに神代家の地盤を継いで、それを私が父がそうしたように支えるのだと教えられた時」

ソファから動けない双葉の目の前に、英知は膝をついた。

「体中が震えるほど幸福だった。一生をあなたに尽くせると信じました。それ以上の何を、私が求める必要がありましたか？」

秘書から代議士になる例は多い。英知の父親も、双葉の父を支えながら代議士として議席を増やした。そして終生、神代家を支えた。英知のことは若いうちに選挙に立たせたいと、双葉の父も兄も思う素質があったからこそ地盤のある家との結婚を求められたのだ。

「あなたの思想に、最初から完全に寄り添うべきでした」

そして双葉の父や兄が想像した通り、今英知は政治の表舞台でそれこそ衆目を集め、尚且《なおか》つ人の心を惹きつけている。父や兄が全く望まなかった形で。

「お兄ちゃんにはお兄ちゃんの立場や考えがあるのに、それを尊重できなかったのは僕だ」

英知の名前と人生を奪ったことを、今双葉は宙人に懺悔したばかりだ。自分の考えに寄り添わせるなど、それは双葉の思想の上でもあってはならないことのはずだ。

「あなたの求める、あなたの生きる世界を私は作ります」

「お兄ちゃんはお兄ちゃんの人生を生きて。僕は間違ってた。本当に酷いことを……」

「私はあなたが私の名前で生き始めた時、ただ幸福だった。心の中であなたを抱いた」

謝ろうとした双葉の声を、初めて、英知は遮った。

「私はあなたのことしか信仰していません」

双葉の左手を、英知がそっと取る。

十七歳の夏以来初めて、彼の唇が双葉に触れた。手の甲にくちづけられて、双葉はまるで動けなかった。

「何もかもあなたに従います。けれど」

立ち上がって、高いところから英知は、冷ややかなまなざしで宙人をまっすぐに見た。

「愛人を持つことは許さない」

強い声が、双葉ではなく宙人を断罪した。

「解散総選挙に、社会党から擁立を受けて立ちます。足場が固まったら、必ずあなたを迎えに来る」

双葉の頬に、もう一度英知が触れる。

「待っていてください」

約束を残して、存在さえ許さない愛人をもう見ることはなく英知は背を向けた。

踵の音が、足早に玄関を離れていく。

くちづけられた手の甲と触れられた頬が、酷く、双葉には熱かった。

たった一度キスをしただけで英知は決して双葉に触れなかったのに、そんなにも愛されていると、けれど双葉は知っていた。

「……どうしよう……」

テーブルに置かれた、普通の白ではないのだろう薔薇に、宙人が頼りない声を聴かせる。

「このくらい、双葉さんきれいだ」

触っていいものかわからないと、宙人は双葉を見つめるように白い花びらを見ていた。

きれいな白を、双葉も見た。

いくつの時に彼が自分を愛したのかはわからないけれど、間違いなく何十年も経っている。

なのに英知の中の双葉は、今もこんなにも白い。

「手、繋いでいい？」

駄目ならいいと、そっと宙人が訊いた。

言葉が見つからず小さく頷いた双葉の手を、やさしく宙人が握る。そのままゆっくりと胸に双葉を背から抱いて、ソファに宙人は仰向けになった。

「何もしないよ。今日は」

瞼へのキスも、宙人はしない。

「何もできないや」

困ったように、少し戯《おど》けて宙人はそれでも笑って見せた。

「……何も、か」

絶対に男に組み敷かれることなど耐えられない。ただ一人の人を除いてはと、一年前まで双葉は思っていた。

その一人の人に何故そんな思いを自分が持ち続けたのか、さっき触れられてようやく双葉も理由を知った。

英知はずっと、まなざしで双葉を抱いていた。傍《かたわ》らにいて触れ合うこともあった思春期にも、それでも決して望みは叶えず、堪え続けながらそれでも英知はずっと心で双葉を抱いていた。

そのとき双葉も、望んで英知に抱かれていたのだろう。

教え合わずに、心で抱き合っていた。きっと一番体が求め合う時にさえ、心で抱き合っていて、熱が籠《こも》るような長い時間を二人はただ耐えた。

そんなことが通せたのは、双葉には耐えるべき理由があったからだ。

耐えなければならなかった。それは双葉の父親のせいではない。

思い起こそうとすると、目の前が暗くなって血が下がった。

二人には立ち止まらざるを得ない恐怖が、いつも目の前にあった。

白い花が内側から光るのが、横たわると目に入ってくる。

その向こうに宙人が活けたやさしい色のラナンキュラスが、双葉の視界で形を持たずにぼやけていった。


「春はあさりだ。酒蒸しにしたよ」

短い二月が、終わろうとしていた。

鎌倉《かまくら》での出来事を知ってか知らずか、西荻窪《にしおぎくぼ》南口の駅前にある居酒屋「鳥八《とりはち》」で、いつものように主の百田《ももた》がよく老いた手で白い皿を置いた。

「これは旨《うま》そうだな。あっさりした酒がいい。山《やま》の井《い》純米といくか」

そしていつものようにカウンターに座っている東堂大吾《とうどうだいご》が、日本酒を吟味《ぎんみ》する。

「あさりは春の季語ですね」

校正者の職業病が一時も止むことのない塔野正祐《とうのまさすけ》は、大吾の右隣で地味な鼠色《ねずみいろ》のスーツで微笑《ほほえ》んだ。

「春だからね、山菜も旬だ。ふきのとうと、こしあぶらを天ぷらにしようか」

「是非《ぜひ》」

春の楽しみを教えられて、正祐が手元にある会津中将《あいづちゅうじょう》を静かに呑む。

「そういえば、白樺《しらかば》から出ている文芸雑誌の白洲《しらす》のインタビュー読んで、酒井《さかい》さんが泣いてたな」

もっぱら自分が時代小説を書いている犀星社《さいせいしゃ》の担当、酒井光明《みつあき》の名前を口にして大吾が肩を竦めた。

「私、丁度今鞄《かばん》に入っています。献本で会社にいただいたんですが、読みどころが多くて買ってしまいました」

鞄の中から正祐が、「白洲絵一《えいち》と家と」というインタビューと家に纏《まつ》わる白洲絵一の短編小説が載った雑誌を取り出す。

「それだ。伊集院《いじゅういん》が七五三みたいなスーツを着て、白洲のあの美意識の塊みたいな屋敷に溶け込んでいる。馬子《まご》にも衣裳だが、あの家には景観条例があるんだな」

お互いに天敵と思っているが故か、思いのほか大吾は双葉《ふたば》を理解してしまっていた。

「犀星社が伊集院先生と出会ったきっかけだと、白洲先生は明言なさってますね。あのオペラシティのコンサートが始まりだったということですか？」

宙人《そらと》と双葉がどうやら既に恋愛関係になっているときそこの駅でばったり会ったのは、確かオペラシティに招かれるより前だったはずではと正祐が首を捻る。

「白洲は公にはそう言い張ってるらしい。文化的な国際交流の場に縁のある犀星社が名を連ねてくれたから、このかわいらしい人に自分は出会えたのですとそこにも書いてある」

「それで……酒井さん泣いてらっしゃるんですか」

「感謝で泣いたのか、迷惑で泣いたのか」

「またはその両方かもしれませんね」

正祐が気の毒そうにため息を吐くのに、実直で仕事に対して何処《どこ》までも真摯《しんし》な酒井を思って、大吾も思わず献杯した。

「白洲が空也上人《くうやしょうにん》の本をまた書くんだろう？」

なら正祐のところに犀星社から校正が行っている筈だと、大吾が尋ねる。

「あ、それは」

「酒井さんから涙とともに聞いている。もう解禁情報なんじゃないのか？　フライングするような人じゃない。その宣伝を込めてと白洲があのコンサートのせいに……違う、お陰《かげ》に。一応付け加えるが『せいに』を『お陰に』と言い換えたのは酒井さんだ。出会いを犀星社のおかげにしているので、白洲の既刊本も伊集院の本もセットでよく売れるんだそうだ」

「羨ましいんですか？」

徳利《とっくり》を空にした大吾の声に虚《むな》しさが響いて、正祐は呆れて言った。

「はい。山菜の天ぷらと、ついでにわかさぎも揚げたよ」

曇った空気を散らすように、あたたかな湯気の立つ天ぷらを百田が置いてくれる。

「とてもおいしそうです……」

「わかさぎがあるなら、磐城寿《いわきことぶき》にすればよかったな」

「そんなことを言う気がして、まだ用意してないよ。磐城壽二合でいいかい」

「気が利き過ぎだ、親爺《おやじ》」

機嫌を取られたことには気づかぬ若輩《じゃくはい》さで、大吾も正祐も酒が置かれるのを待った。

「自分の本を売りたいという気持ちも、もちろん強いが」

ため息を吐いて、大吾が似合わない弱い声を落とす。

「少人数で良心的な本を作り続けてきた、小さな老舗《しにせ》の出版社だ。苦しい時期も見てきた。そんな風に大々的に恩返しが俺にもできたら、そりゃあ嬉しいさ」

正祐が持っている雑誌の、絵のような二人の写真を指して、大吾はそっと置かれた磐城壽をそれぞれに注いだ。

「あなたは犀星社での長いシリーズが大ヒットしていますよ。正攻法です」

宙人と付き合い始めたことで軟化したかに見えた大吾の作家白洲絵一へのライバル心は、好戦的なものから何か真摯なものに変わっていると、正祐はそれを悪くは思わない。

「正攻法があるなら俺にも教えてよ」

突然、大吾の左隣から声が上がった。

「全然勝てないよ!! みんながアランドロンアランドロンっていうから『太陽がいっぱい』観たよ! 勝てるわけないじゃん!!」

鳥八のカウンターには、雑誌の写真の中では景観条例に従っていたもののいつもの髑髏《どくろ》のTシャツを着た、伊集院宙人がずっとカウンターに突っ伏していた。

最早雑誌の中の写真は、絵のようではなく、絵に描いた伊集院宙人だ。

「まあ……ある意味アラン・ドロンより強敵だろうな。アラン・ドロンはフランスの極右だ。国民戦線の支持を表明している」

「そこでしょうか?」

「左右は大きいだろう。白洲の方のアラン・ドロンは、今や極左の大スターだぞ」

「そこおっきいみたい……」

実のところ自分にはもうその大事なところがちんぷんかんぷんで、宙人は白洲英知《しらすえいち》に立ち向かおうにも高校の政治経済の教科書から始めなければならない。

「会ったのか、あの男前に。……親爺、こいつに竜田揚《たつたあ》げでも揚げてやってくれ。俺が奢《おご》る」

あまりにも憐れだと、大吾にしては最大限の同情を示す。

今日、宙人は大吾に相談しようとして鳥八に訪れ、大吾と正祐が店に入った時には既にこうして酔っ払っていた。

「会った。ふた……絵一さんのたん……」

酔っぱらっていても、双葉の本名も誕生日も絶対に人に言ってはならないとそれは死守して、宙人がぬるくなった生ビールを呑み干す。

「俺がいるときに、花束持ってきた。超しぶいスーツで」

「それはさぞかし見ものだっただろうな」

「めちゃくちゃ本気でコクってた！　だけど俺だっておんなじ気持ちだよ！　もっとだよ!!」

「きっと」

コクってたという言い方は知っていても、自発的に使用する日が来れば小刀で喉を突いて自決する程現代流行語を蛇蝎《だかつ》の如く嫌っている正祐が、能面より冷たいまなざしで宙人を見た。

「言い方が著《いちじる》しく違ったのでしょうね」

「酷いよーっ！　塔野さん‼　あげたお花も全然敵《かな》わなかった。真っ赤とか紫とかじゃないんだもん！」

いっそのくらい気障《きざ》で古臭ければまだしも、きっと新しい品種の小振りな白い薔薇《ばら》を選び抜いてシンプルだけれど美しい包装で置かれては、ラナンキュラスは選んだ宙人にさえ野の花に近かった。

「……俺は、基本他人には興味を持たずに生きてきたつもりなんだが」

若干虫歯菌に近い心だと自省しながらも、大吾がこめかみを掻く。

「どうにもおまえらのことには興味が尽きない。なるほど天変地異だからだな。おまえは白洲にどんな花を贈ったんだ」

ただの興味だが訊かずにはおれず、大吾は宙人に尋ねた。

「ラナンキュラス。ピンクとか薄いボルドーとか、グラデーションにして。すっごいやさしい色にして、すっごい絵一さんの心の中って感じにデコってもらったんだよ？　俺だって選び抜いたんだから」

「それはきれいだったでしょうね」

きちんとした説明に花の姿を思い浮かべながらも、心の中で「デコって」に疑問の鉛筆を二百文字ほど入れて、正祐が花の感想を述べる。

「敵は白洲に何を贈った」

大吾ならせいぜい塩だが、あのアラン・ドロンが黒いスーツでヘルムート・バーガーの元に花を届けたというのなら、絵面的にも見てみたいのが作家心だ。

「すごくきれいな、真珠みたいな白い薔薇の蕾《つぼみ》の花束。次真似しようと思って写真撮った」

携帯を出して宙人が、白洲絵一邸の景観条例には寄り添って余りある美しい花束を二人に見せる。酩酊《めいてい》故の勝手な行いにすぐに反省して、慌てて宙人は画面をオフにした。

「……おまえとあの男前には、白洲がこういう風に見えてるのか?」

隣に座っている情人に花など一度も贈ったことのない大吾だったが、愛する人に花を贈るという感性の欠片《かけら》くらいは持っていた。

持っているからこそ、白洲絵一を巡ってこのような言葉にも尽くせない無垢《むく》な花が行きかうことが全く以《も》って。

「解《げ》せぬ」

「記憶の中の白洲先生は夢幻の如くなりですね……」

大吾と正祐は、上田秋成《うえだあきなり》が書いた怪談と言っていい「雨月物語《うげつ》」の中に入っている、「蛇性《じゃせい》の婬《いん》」の男を狂わせ霊獣を産む真女児《まなこ》の如き白洲絵一に、その清純そうな花が置かれた館で一度対峙している。

「俺なら白洲には」

心頭滅却する勢いで、大吾は宿敵に送り付ける花は何かと思考した。

「凌霄花《のうぜんかずら》を根元から送るな……」

真夏に咲く、朱色の蔓《つる》を垂らして木の根元にその朱を散らすようにしている花を、木丸ごと宅配で送りたい。

「わかります……ベラドンナとかではないんですよね。凌霄花はとてもよくわかります」

大吾と正祐にとって、白洲絵一はかってそういう人物だった。

けれど一月にこの西荻窪の中華屋で宙人とともに会ったとき、宙人といる時間のままを見せているとも気づかない姿は、最早「雨月物語」で言うのなら夫を健気に待って待って待ち死んだ「浅茅《あさじ》が宿《やど》」の宮木《みやぎ》だ。

「真女児から宮木へ……それはそれで異形《いぎょう》の物語ですね。カフカも驚く『変身』です」

「俺も今全く同じことを考えていた。メタモルフォーゼレベルだ」

「俺」

もちろん宙人は、大吾と正祐が自分の愛しい人を「雨月物語」に準《なぞら》えて考えていることなど気づきようがない。

「今までずっと、こういうときすぐあきらめてきた。自分よりいい人現れたら、悲しくても撤退する」

あきらめはいいと、宙人は双葉にも告げたことがあった。

「その方がきっと、幸せになるからさ。好きな人が。大切な人が」

誰かの恋人として自分がそんなには足りていないと、宙人は自覚している。作家としての評価も最近はより身に染みていて、恋人にとってもっといい人が現れたら、愛しているからこそすぐに身を引くのは常の事だった。

「それは意外と、すまん。随分賢明だな」

あの男前が本気になって正気の沙汰とは思えない花まで持って現れたのなら、それは身を引く以外選択肢はないと本人が思えてよかったと大吾も頷く。

「だけど、俺、身を引きたくない」

粘りを見せた宙人に、大吾は磐城壽に咽《むせ》た。

「おまえの方が白洲を幸せにするのか？　何か勝機はあるのか」

「まっすぐ言わないでよー。……でも俺」

問われて宙人は、社会的立場も強すぎる、何よりずっと双葉の心の中にいて愛されていた、男の姿を思い浮かべる。

勝機などあるわけがない。大人の男として敵《かな》うところが何一つ見つからない上に、幼い頃から双葉と愛し合って抱き合うことが叶わなかった人だ。

「俺、酷《ひど》いかもしんない。いつもと違う。幸せにしたいって気持ちよりも」

あの人と抱き合えたなら、きっとポーレットがミシェルと再会できるくらい、いやそれ以上に双葉は幸福になるかもしれない。

「ただ俺が一緒にいたいだけ」

きっととても幸福になるだろうに、宙人はただ双葉の傍を離れたくない。

いつの間にかただ、双葉を愛していた。

「ただ、好きなだけ。何も持ってないよ、他に」

肩を落とした宙人の前に、百田がそっと竜田揚げを置く。

「おまえすごいな。俺は今感心している」

嫌味ではなく心から感心して、大吾は隣の宙人をまじまじと見た。

「武器の一つも持たずにあの男前と……教えてやろう伊集院。今のおまえは、丸腰というんだ」

「それはそれでご立派ですよ」

「だから俺は感心した」

「……知ってる。今の俺を慰める言葉なんかないことくらい」

現状は把握していると、宙人は確かに慰めてくれるのだろう竜田揚げを口に入れた。

「揚げたてだよ」

「ありがとう。めっちゃおいしい」

百田に微笑《ほほえ》まれて、宙人は竜田揚げを食《は》んだ。

「伊集院とも腐れ縁だ。おまえ、何か言ってやれよ」

さすがに宙人が気の毒になって、自分には負いきれないことを大吾が正祐に放り投げる。

「私、この雑誌に載っていた白洲先生の短編がとても好きでした」

無茶を言うなと微笑んで、急ハンドルで正祐は同じ道だが大きな路線変更をした。

「へえ……」

白洲絵一作品は、東堂大吾には持ちえない計算された共感性から広く読まれ、評価も高い。

一昨年の夏正祐は、それをおもしろいとは思えず読むのをやめたとはっきり大吾の前で言った。

「まあ、実のところ俺もその掌編《しょうへん》はいいと思った」

褒めてやるのは癪《しゃく》で、その気持ちから大吾の言葉が平易になる。けれど表現が平易になればなるほど、より作品を認めていると自分でも思い知ることになった。

「白洲の書くものが変わったわけじゃないんだが、不思議と受け入れられるようになった。なんならこれは感じ入った」

「私もなんです。何処《どこ》がどうとはわからないのですが、受け留めるというか。入ってくるような感じがしました。白洲先生が書かれた言葉が。渇いた喉に冷たい水を流し込むような心地よさです」

「それは最大限の賛辞だな」

やはり自分の唯一の人から同期作家へのそこまでの賛辞を聴くのは、大人げないが大吾にはおもしろいことではない。

「俺は絵一さんの小説ずっと好きだけど、やさしくて。それは本当に大好き。すごく好き」

やさしくてきれいで、前よりもっときれいな水のようだと宙人も顔を上げて言った。

「どちらかというとラナンキュラスの様な」

「白い薔薇のようかもな」

「どっちなんだよー！」

そこは宙人にとって大事だが、大吾と正祐に答えを出してやれる手がかりなどあるわけもない。

「あ、でもね。その小説すごく素敵でやさしいのは俺は関係ないよ」

愛を知ったからだと言ってほしかったものの、宙人は自分が最初にその短編を読んだ時の感覚を忘れていなかった。

「関係ないのですか？」

そして実のところ正祐は大きなコースアウトをしたのではなく、この短編小説の変化は宙人への愛情の表れだと結論づけられないかと思って話し始めたことだった。

「何故そう思う」

「うーんと……それは言えないけど。絵一さんがもともと持ってた愛情の話だよ、きっと」

自分とのことは関わりがないと、宙人が重ねる。

「白洲がねえ」

そもそも大吾は双葉の本名さえ知らないので、宙人が言ってることなど汲みようがなかった。

「今までと違う傾向の作品は、書く様子がないな」

だからそれ以上、宙人が言えないと言った続きを追う気はない。

やさしい作品を書き続けた白洲絵一に宙人とのオペラシティでの極めてデカダンス的な事件があってから、傾向の違う依頼が舞い込んでいるとは大吾も知っていた。

「新境地に踏み出すことに迷っているのかこの臆病者めと、思っていたが」

「悪口言わないでよ」

「思っていたが、違うのかもしれんという話だ」

口を尖らせて責めた宙人のひたむきさに音《ね》を上げて、大吾が苦笑する。

「どういう風に?」

「知るか。白洲のことはおまえが考えろ」

「考えてない時なんてないよ」

二月八日になった瞬間、英知が双葉の目の前に現れた。

何もできずに双葉を抱きしめて、夜を過ごした。次は三月に来るねと約束をして、双葉は頷いてくれた。

本当はもうひと時も、宙人は双葉の傍を離れたくない。今この時にも彼が、双葉を抱きしめているかもしれない。ミシェルと叫んで消えたポーレットのように、双葉は彼と全身で抱き合っているかもしれない。

「……考えすぎてどうにかなりそう」

何もかもを放り出して、ずっと傍にいたい。

けれどそれは、双葉を「見張る」ことだ。今心が彼に向かっている双葉を信じることはとても難しいけれど、閉じ込めるようなことは宙人にはできない。

「そうだろうな、わかるよ。ところでなんで文芸誌にダイエット記事が載ってるんだ」

それはどうにかなるだろうよと気軽に理解を示して、だが理解したとてどうなるものでもないと大吾は小説とインタビューが載っていた雑誌に話を戻した。

「あ、それ文学の力を借りて元文学青年だった夫を瘦せさせたいっていうおもしろ企画だって言ってたよ。だから俺もダイエットする……もうやせ細る」

編集者の言っていたことも、どうしたらいいのかもすっかり見失って、けれど力を得なくてはと宙人が竜田揚げを嚙む。

「へえ。夫をねえ。夫が太ったら嫌なものなのか」

「あなた」

まるでその妻であるかのように、いささか冷ややかな声で正祐は大吾を呼んだ。

「最近少し、体格がよくなられましたね」

「……おまえは別に、俺が太ろうが腹が出ようが気にしないだろうが」

ここのところ少々酒が過ぎている大吾が、自分でも気にしていたことを指摘されて体を引く。

「どうでしょう？　考えたことがないのでわかりません」

「俺の姿かたちになど興味がないと言っていただろう。おまえ」

いつだったか確かにそう罵《ののし》られたことは忘れていないと、大吾は憤懣《ふんまん》やるかたなく顔を顰《しか》めた。

「いつのお話ですか？　人の気持ちは移ろうものですよ」

ほら、と、正祐が手元の雑誌を示す。

金色のタンポポのような頭を抱えている宙人に白洲絵一が出会って、それでもしかしたら彼の筆致までが揺らいだのかもしれないとは、二人ともが感じてはいる。

「美しい文章で綴《つづ》ってみていただけたなら、あるいは」

だが大変不親切なことに、大吾と正祐はそれを宙人の前で言語化してやらなかった。文学について確信のないことを言わないという、宙人にはなんの実りもない文学愛好者たちの潔癖《けっぺき》さだ。

「何をだ」

「体格がよくなられることをです」

「……やわらかな、肌のぬくみの心地よさ」

「絶望します」

持っている筈の文才を投げ打って身もふたもない歌を詠み始めた大吾に、正祐は大きなため息を吐く。

「おい、親爺。太らない酒をくれ」

「ないよ」

百田にしては珍しい即答を聞いて、それでも肩を竦めて大吾は酒を呑んだ。

「俺が太ろうがはげようが、おまえが俺を愛さないはずがない」

「なんなのその自信！　ちょっとは分けてよ東堂先生!!」

大吾の台詞《セリフ》には、悩みの渦中の宙人でなくとも悲鳴が出るところだ。

「好きに持っていけ」

「なんで俺今日ここに来たんだろう……」

「そうですよ。他に行くべきところがあるのではないですか？」

両手で顔を覆った宙人のもっともな言い分に、正祐ほど恋に拙《つたな》くとも、今日を離す時だろうかと疑問が湧く。

「それはね、ないの」

行くべきところと言われて、不意に落ちついて静かに宙人は首を振った。

今、双葉はきっとあの人のことを考えていたい。傍にいても、双葉は宙人を傷つけたくなくて、だからきっと困らせる。

「いやがられることしたくない」

「おまえも二年前とはだいぶ変わったな。あの時は塔野も幼かったが」

すっかり忘れていたがひと悶着《もんちゃく》あったことをふと思い出して、言葉遣《づか》いも見た目も変わらないようでいて宙人が変わったと大吾は言った。

「伊集院先生は、もともとやさしい方です」

呟いた正祐に、大吾も特に異は唱えない。

だがそのやさしさだけで果たして左翼の男前に勝てるのかどうかについては、何一つ言葉は与えられなかった。


三月の鎌倉《かまくら》の庭には、やわらかな光が差して春の花が一斉に咲き始める。白木蓮《しろもくれん》や蠟梅《ろうばい》だけでなく、地面には野の花や宿根草《しゅっこんそう》が蕾《つぼみ》をつけたり開いたりとやさしい色が淡くきれいだった。

たくさん勉強したいからと午前中からやってきた宙人《そらと》は、リビングの窓から春の光を浴びている。季節ごとに双葉《ふたば》が浮嶋《うきしま》という老人にオーダーメイドで作らせているシャツを着て、立ったままなんとかネクタイを結ぼうと格闘していた。

「どうしたの。あんなに嫌がっていたのに」

自分のシャツやスーツを頼んでいる英国映画から出てきたようなサスペンダーの老人浮嶋に双葉が宙人の服を作らせたのは、世界が二人の愛人関係を知った直後だ。

心に服は着せないが自分の美意識には従ってもらうと強く出たが、結局着ようとしない宙人に無理矢理着せることは一度もしなかった。

「サックスブルーって言うんだっけ？　浮嶋さんが俺にこの色似合うって言ってくれた。きれいな色だね」

浮嶋の目は確かで、穴の空いたデニムや双葉には理解不能の髑髏《どくろ》のTシャツを好む宙人の金髪には、サックスブルーのシャツも白いパンツもよく似合う。

だが宙人は好まないようなので、浮嶋に宙人の服を仕立てて貰うのは双葉にとってはもう道楽に近い遊びになっていた。

「家の中でネクタイを結ばなくてもいいだろう」

あんなに嫌がっていたフォーマルに近い服を、宙人が今着ようとしている理由は双葉にもわかる。

英知《えいち》が告発した自由党の汚職を巡って、臨時国会は荒れに荒れ、英知も、そして英知に裏切りを受けた官房長官である双葉の父、神代壮一《かみしろそういち》も証言に立つことになった。公共施設誘致と企業の癒着《ゆちゃく》は、中井《なかい》派の代議士数人と担当官僚、企業のみが処罰されることになったが、事件の大きさを受けて内閣は総辞職し国会は解散した。

四十日以内には総選挙が行われなければならない。直《ただ》ちに選挙活動は始まり、社会党から擁《よう》立《りつ》を受けて白州《しらす》英知は、神代壮一と同じ神奈川二区から出馬している。

「毎日、テレビで見る。あの人」

公示日から一日が経って、英知は社会党の党幹部を従えるように演台に立っていた。

「じいちゃんもめちゃくちゃ褒めるよ。恰好だけじゃないって。芯が通って、今時にないいい男だって言ってた」

宙人が語る英知の姿は日々、双葉の目にも入っている。この家にはテレビがないので映像を見ることはないが、新聞も白州英知について書き立てる毎日だ。大きく写真も取り上げられている。

「ネクタイの結び方、教えて?」

サックスブルーのシャツの上で、濃紺のネクタイがちょうちょ結びになっている宙人が途方に暮れてソファに座った。

ため息を吐いて、その傍《かたわ》らに双葉が座る。

ネクタイは結ばず、白いシャツにジャケットを羽織って選挙演説をしている英知の姿には日本中が注目していたが、双葉も心を囚われていた。

声を聴いたらもう、終わりだと思う程に。

「人にネクタイの結び方を教えるのは、とても難しいな」

「じいちゃんもそう言ってた」

「そういうものなんだ？」

教えようとして、双葉は今まで宙人以外にネクタイを結んだことがないので、自分が教えるのが下手《へた》なのだと思い込んでいたと知る。

「だいたい、僕は一番難しいと言われているウインザーノットでしか結ばないのに。教えるのはなお困難だ。見て覚えて」

宙人はたまにだが「浮嶋さんに悪いから。それに気持ちいいしきれいだし」と浮嶋の作った服を着ることはあって、そのときいつもそうするように、双葉は宙人の背中から両手を回してネクタイを結んでやった。

「……なんだか、少し痩せたね」

ネクタイを結ぶために久しぶりに宙人の体に触れて、厚みが減っていることに双葉がため息を吐く。

「ダイエットがんばるって言ったじゃん。俺。かっこよくいなくちゃ」

戯《おど》けて、明るく宙人は言った。

「ありがとう。似合う？」

第一ボタンまで隠れるようにウインザーノットで結ばれたネクタイは、宙人の容姿にはよく似合っている。

「似合うけれど」

「髪も、黒く染めようかな。短くして」

「よしなさい」

「だって」

声を聴いたらきっとこの時間が終わりだと思う程に、双葉の心が英知に向かっていることを宙人もわかっていた。

「その服も、脱ぎなさい。言っただろう、僕は君に服を着せないって」

だからと言って、双葉に目の前の宙人が見えていないわけがない。

宙人は無理をして、なんとか双葉の心を引きとめようとしている。だから英知に寄ろうとしている。

「それ、覚えてる。そう言ってくれたこと」

十月のオペラシティには、最初双葉は全く乗り気ではなかった。「白洲絵一」は作品に同化して害のない草のような擬態を演じる者で、なので白洲絵一として人前に長時間存在すること自体がとても疲れる。

その上白洲絵一の対極に存在する伊集院宙人と連れ立って出かけることに、宙人に誘われたとき双葉は強い抵抗を示した。

——……俺と一緒にいるの、恥ずかしい？

泣き出さないのが不思議なほど切ない声で、そのとき宙人は小さく言った。

「俺のこと恥ずかしいって思うのは、双葉さんが俺に感情があるからで」

十月のことを食《は》み返して、宙人が俯く。

「恥ずかしいと思う気持ちは、双葉さんの持ち物だって言ってたね」

だから宙人に服を着せないと、確かに双葉は言った。

「大切に覚えてた。難しくて、ちゃんとはきっと俺わかってなくて。でも何度も何度も思い出してた。双葉さんの言葉」

「なら、どうしてその服を着たんだ」

「……どうしたらいいのか、わかんないからかな」

きれいな色のシャツは宙人にとても似合っていて、雑誌のインタビューで写真を撮られた時にも着ていたものだ。

人前に出る時に、宙人はそうして白洲絵一の愛人を、装《よそお》う。

服を着替える程度のことで、いや恐らくは着替えなくても、世間は二人のこと好意的に受け入れている。

——うちのママもー。大人になったらなんでも自由にしていいのよって言われた。

——お二人みたいに。

宙人とクリスマス・ツリーを飾っていた近所の子どもたちが、世間とは隔絶して生きてきた双葉を喫驚《きっきょう》させることを言った。

知らぬ間に、双葉が少年の頃とは世界が大きく変わっていた。

きっと、神代家に背を向けて正義を摑んだ英知と引き裂かれていた双葉とのことも、今の世の中は美しい物語のように読むだろう。

もう心を囚われている英知の方角に、踏み出すのは、簡単だ。

「以前の僕なら」

宙人がどうしたらいいのかわからないのは当たり前で、自分が英知のことでいっぱいなのは双葉自身よくわかっている。

宙人とはまだこうして一緒にいて、一年にも満たない。生まれ落ちてから恋焦がれた人が全てを捨てて二人でいるすべを摑みに来てくれているのに、応えない理由は双葉には見つからなかった。

何より今、双葉は英知の方角を見つめてしまう。

「なに？」

稚《いとけな》く訊いた宙人に、双葉は続きを言えなかった。

以前の双葉なら、簡単に宙人を切り捨てた。今すぐにでも。残酷に。

なのに双葉は、首を傾けてまっすぐに自分を見ている宙人の捨て方がわからない。たくさん持っていたはずの、残酷な言葉が一つも思い出せない。一つもだ。

そもそも捨てなければならないような人を、双葉は今まで持ったことがない。

自分の愛人、自分を愛する者を。

「どうしたらいいのかわからないのは、僕も同じのようだよ」

ため息を吐いて、これ以上何も考えられず双葉は今日の新聞を手にした。

まだ朝刊に手をつけていない。ここのところ新聞を開いて、英知が存在しないことがない。

今日もきっとこの紙の中にいるのだろう長く愛した人に会えば、今見つけられなかった言葉が声にできるのかもしれないと、双葉は思った。願いはしなかったけれど、出口は、自分にも宙人にも必要な気がした。

だが、想像とは違って真っ先に双葉の目に入ったのは、長く会っていない父の姿だった。

「……どうして」

英知と同じ選挙区から公示日には出馬を決めていた神代壮一元官房長官が、政界からの引退を表明した。

何しろ自分の公設秘書がリークしたので、神代壮一は証言には立った。だが汚職事件の罪の所在は壮一の元にはないと立証され、内閣総辞職となったものの社会党が与党になることはまずあり得ない。比例代表制では当確が間違いない神代壮一は、次の総理大臣だという見込みさえ語られていたはずだ。

「もしかして、お父さん？」

遠慮がちに、宙人が双葉に尋ねる。

「……ああ、父だ。まだ二十年は政界にいるものだと思ったのに」

二十年は大袈裟《おおげさ》かもしれないが、双葉の父親はまだ六十代前半だ。きっと長く一線を退かないだろうと誰もが思っていたし、今回の汚職事件の発覚にも常に堂々としていた。父親の代から信頼していた公設秘書に裏切られた壮一を、「飼い犬に手を噛まれた」と古い言葉で同情する向きも多い。

「引退して、他に何をすることがあるって言うの……明日から誰にももう相手にされなくなるだろうに」

父の仲間たちや祖父、その周囲と、双葉はそういう老人を幼い頃から見て育った。

もう考える力もないのに権力を手放さないのは、名前の先に権威の名誉職を持たなくなった日から季節の挨拶《あいさつ》さえされなくなると、無意識下で彼等は知っているからだ。権威と名誉を置けば、自分たちが何も持たないことを知っているからこそそれを手放さない姿は、双葉には醜悪でしかなかった。

「父が、全てを手放すなんて……」

この記事一つでは、双葉には到底信じられない。

幼かった双葉に英知という見張りをつけ、危険だと思えば唯一の居場所の蔵を跡形もなく潰《つぶ》した、そういう人だ。

嫌いなどという単純な言葉では、双葉は父を語れない。

「ねえ、双葉さん」

記事に見入っていた双葉の肩に、そっと宙人が触れた。

今触れられて自分が驚かずに顔を上げられたことが、双葉には不思議だった。明らかに神経が激しく波立っているのに。

「双葉さんが子どもの頃読んでた本、読みたい。神奈川なんだよね？　双葉さんの生まれた家。県内じゃん」

「そうだけれど……もう二十年も、帰っていないよ」

帰っていないと、自分が言葉にしたことにも驚く。実家は双葉には、とうに帰るような場所ではない。

「本だってもう、在るはずがない。蔵は跡形もなく潰されたんだ。父に」

「それはでも、確かめたの？　本がないって」

尋ねられて、双葉は蔵が潰されたあと全てに目を閉じた自分に気づいた。

もう家の中のことは何も見なかった。何も見たくなかった。

「お願い。双葉さんの実家に行きたい、俺。双葉さんが子どもの頃大好きだった本がもし残ってたら、読みたい。トルストイ、勉強する」

宮沢賢治《みやざわけんじ》に影響したのかもしれないのはドストエフスキーではなくトルストイだと、いつの間にか宙人は覚えたようだった。

「だけど」

二十年近く、実家に双葉は足を踏み入れていない。

その実家で兄に仕え父に仕え、実家からは危険分子と見なされた双葉を去年までここに見張りにきていた英知は、父も兄も裏切って対立する政党からこの混沌《こんとん》の解散総選挙に出馬している。

「俺、この服着てくね」

スーツの白いジャケットに手を伸ばして、宙人は羽織った。

「一緒だと余計、帰りにくい？」

「そんなことはない。むしろ」

父や兄には、若い男の愛人を連れているところを見せてやりたいほどには、双葉は実家との感情は歪《いびつ》なままだ。

歪だけれど、まだ政治家としては若いはずの父が引退を表明するのは、ほとんど死に近しいと心に掛かりはした。

捨てたはずの家族、憎しみさえ超越した場所にいる父に対して、それでも死んでほしいと思ったことはないとも、初めて気づく。

「行こう？　双葉さんち」

何故《なぜ》なのか宙人は、双葉にねだった。

「最後のお願いかも。俺の」

心が英知のそばに行ってしまっていることも、宙人はわかっているし忘れていない。

「選挙みたいだね」

掠《かす》れた声で、宙人が笑った。

「行くにしても、今日はよそう。この記事が出たばかりだから、きっと家を報道関係者が取り巻いているよ」

幼い頃からそうしたことは多くあって、何があったのかはわからないが静かな屋敷の上空をヘリが飛んだこともある。

不安で空を見上げた少年の双葉の肩を抱いて、「大丈夫ですよ」と笑ってくれたのは英知だ。彼だって少年だったのに。

「一週間もすればきっと、人は同じ話題には飽きる」

そうした法則も家では繰り返されたが、少年だった双葉が慣れることはなかった。

「人は、忘れる」

そして三十六歳になった今もなお、慣れていないようだ。

「服は、なるべく目立たない服にしなさい」

華やかな晴れの場に出ることと、実家に宙人を伴うことは全く逆の行いだ。

「一緒に来なくても、もし本が残っていたら僕が持ってくるけれど」

父への攻撃として目の前の人を連れて行こうと今思ったことを、双葉はもう悔いていた。見ればすぐに思い出せる。宙人はそういう感情に巻き込んでいいものではない。

一年で双葉も、随分と宙人を知った。

「……本当に取りに行ってくれるかわかんないから、一緒に行かせて」

乞う宙人の願いの理由まではわからない。

小さく頷いて、指を伸ばして双葉は窮屈《きゅうくつ》そうな宙人のネクタイを解いてやった。


神代壮一《かみしろそういち》が引退を表明した選挙公示日翌日から、一週間が過ぎた。

双葉《ふたば》の想像通り世間はあっという間に壮一を忘れて、代わりにその壮一に引退を決めさせた英知《えいち》が、非難と称賛の両方を浴び泥土に塗《まみ》れる英雄となった。

「……こんなに近いのに、二十年も帰らなかったの？」

神代家の高すぎる門の前で、宙人《そらと》が双葉に問う。一度鎌倉《かまくら》に来て宙人はスーツに着替えて、覚えたと言って自分でネクタイをなんとか結んだ。

選挙区は横浜《よこはま》だが、双葉の実家は横須賀《よこすか》の駅から遠く離れた山近くの自然の中にあった。

「駅と駅とは近いけれど、どちらも駅からとても遠いよ」

トータルでは二時間以上かかると言おうとして、遠いのは距離ではなく心だと頑《かたく》なな門に既に双葉の気持ちが沈む。

「君……」

自分で結ぶと宙人が言い張ったシンプルノットは何故《なぜ》かもう乱れていて、家に入るのだから余計な謗《そし》りを受けさせたくないと、双葉が肩を押して背を向けさせた。

ネクタイを直されるのだとわかって宙人は膝を屈めて、双葉がウインザーノットに結び直す。

「タキシード、ちゃんと自分で着れていたのに。ボウタイとカマーバンドもつけていたよね。オペラシティのときだって」

出会った日の翌朝、クイーンズベッドで呆然としていた双葉の目の前で、前の晩脱ぎ捨てたタキシードを手慣れた様子で宙人は身に着けていたのに何故と双葉が苦笑する。

「それってタキシードのネクタイとお腹に巻くやつのこと？　お腹のはカチってするだけだもん。それに俺、パーティーみたいなとこ行くときあれしか着ない。じいちゃんが買ってくれたの。初めて本が出た時に」

宙人らしい、朗《ほが》らかな言葉が返った。

——最後のお願いかも。俺の。

一週間前のような気落ちした空気を、宙人は醸《かも》さない。

それよりもきっと、二十年ぶりに実家に入る自分の気持ちを宙人が気遣《きづか》っているのだろうことぐらいは、双葉にももうわかる。

宙人が白のスーツに着替えたので、双葉は今日は淡いグレーに近いブルーのスーツを着た。けれど宙人がサックスブルーのシャツを着ているので、並ぶと結局対《つい》のようになる。

苦笑だけれど、この家の前で笑えた。

「これが本当の敷居が高い、だな」

重い気持ちのまま宙人の手を借りて、高い門の横にある通用門のインターフォンを、双葉は押した。

「……どちらさまですか?」

取材の波は本当に過ぎ去ったらしく、聞き覚えのある懐かしい女性の声が返る。

「竹中《たけなか》さん……」

生まれたときから自分の世話をしてくれた乳母であった竹中ならば、もう七十近いのではないかと双葉は驚いた。

返事もなく通用門が開いて、年老いた着物姿の女性が顔を見せる。

「坊《ぼっ》ちゃま!」

「……僕を坊ちゃまと呼んだら牢屋に入れると言ったでしょう。竹中さん」

兄に掛かりきりの母の代わりに迷いなく自分に愛情を持って呼びかける人がまだこの家にいたことは、思いがけないほど双葉には嬉しいことだった。

「おおこわい。ならばあやはろうやに入りましょうね」

「子どもの頃からこうして、竹中さんは僕を馬鹿にするんだよ」

苦笑して、双葉が宙人に乳母を紹介する。

「竹中さん、お久しぶりです」

十八歳の時以来会っていなかった自分を育ててくれた人に、双葉は改めて頭を下げた。

「やめてくださいよ、他人行儀に」

「はじめまして。伊集院《いじゅういん》宙人です」

酷《ひど》く愛おしそうに二人を見つめて、宙人が大きくお辞儀をする。

愛人のとも、恋人のとも、宙人は言わなかった。鎌倉の子女やその母親たちには認められても、竹中の年齢なら驚かせてしまうときっと宙人なりに想像していた。

年齢に合った着物に前掛けをしている竹中が、二人を通用門の中からそっと中に入れる。

「ご友人ですか？　坊ちゃまが家にお友達を連れてくるなんて、初めてですねえ。いつも……」

いつも英知と二人きりでいたのにと言おうとしたのだろう竹中が、表情を暗くした。

この広く暗い敷地の中で、十八歳までを双葉が英知と二人きりで過ごしていたと知って、宙人は緑深い土地をただ見渡していた。

「お元気そうな坊ちゃまに、お目にかかれて嬉しいです。今日は、どうなさいましたか」

「友人が、蔵にあった本を見たいと言って。残っているか竹中さんわかるかな」

答えず静かに笑って、竹中は歩き出した。

「……父は？」

「ずっと家にいらっしゃいますよ」

遠慮がちに尋ねた双葉に、竹中が大きくため息を吐く。

「せめて、白州《しらす》さんがもういらっしゃらなかったことが不幸中の幸いです。どうしてあんなことを」

小さな声で呟いた竹中は、すっかり憔悴《しょうすい》していた。

否応なく双葉が、英知の父親を思い出す。

「白州さん……？　あ」

英知《えいち》の名前ではないかとうっかり呟いてから宙人が、英知の父親は鬼籍の人だと双葉に聞いたのを思い出す。

英知の父親が亡くなったことは、双葉は後から知った。作家になって何年かしてからのことで、病を得たので代議士を引いたことだけは先に聞いていた。政治の表舞台にいなかったので、訃報《ふほう》が広くは届かなかったのだ。

——実は、父は亡くなりました。ご報告が遅れて申し訳ありません。

四十九日も済んでから、英知は双葉に教えた。

言葉を失ったのを、双葉はよく覚えている。英知の表情はまるで読めなかった。前の月も英知は変わらず鎌倉の家を訪れていたが、命日を尋ねたらその晩は告別式の翌々日だった。

「白州さんには一度も、僕はお線香《せんこう》もあげられていない。不義理で、申し訳ないことをしたね」

敷地の中には、真ん中に神代の家があって、東側に白州の家がある。もしかしたらもうその家はとうに空き家なのかもしれないと、ため息とともに双葉は呟いた。

「英知は、私にだけ教えたのだと思いますが。坊ちゃまには伝えていないと、通夜の時に言いました。喪主として始終挨拶《あいさつ》がありましたのに」

「……どうして？」

何故四十九日も過ぎるまで黙っていたのかずっとわからなかったことを竹中に語り出されて、飛び石の上で双葉が立ち止まる。

「お伝えしてしまったら、坊ちゃまはお通夜や告別式にはいらっしゃったでしょう」

「そうだね。さすがに来たと思うよ」

「まだあの頃、お父様が……坊ちゃまをお許しになっていませんでしたから」

きっと控え目な言い方を、竹中は探してくれたのだろう。当時の壮一なら、双葉の顔を見たら殺してしまったかもしれないと、案じた横顔だった。

「それでも私が、坊ちゃまがいらっしゃらないことをわずかに不義理に思っていると英知は気づいて。私にだけ、坊ちゃまにお伝えしていないことを知らせたのだと思います」

言葉が見つからず、ゆっくりと双葉がただ竹中の歩調に合わせて歩く。

「……すごく、やさしい人なんだね。あの人」

話を理解して、宙人はもう敵《かな》わないとため息を吐いた。

「私と坊ちゃまには、とてもやさしい子でした。けれど、坊ちゃま」

英知のことは今となってはもう何もわからないと、竹中が首を振って足を止める。

「厳しい方でしたが。白州さんも、そして坊ちゃまのお父様も、やさしい方なんですよ」

記憶よりずっと年老いてずっと小さく見える乳母に言われたので、双葉は記憶の中を一度は辿ってみた。

「やさしい思い出なんて、何もないよ」

父親は父親なのだから、僅かに父としての記憶は双葉にもある。

けれど真っ先に深い闇のような記憶に目の前を覆い尽くされた。

英知の父を思うと、自分には心を抉《えぐ》られた痕《あと》があると、痛みに教えられた。英知の父親は時折容赦なく英知を叩いた。叩いたというより、殴りつけた。

それは双葉が何か家に背くことをした時と、英知が双葉に近づき過ぎた時、愛しすぎた時で。

だから双葉はこの高い塀に囲まれた敷地の外に出るしかないと、なお思い続けた。

「今こうして見ると、そんなに広い敷地でもないのに……」

「めちゃくちゃ広くて、俺びっくりしてるよ」

隣で宙人が目を見開くのに、双葉が苦笑する。

「子どもの頃は、一つの王国のように思っていたんだ。僕は。自分がとても小さかったんだろうね」

面積だけでなく、王達に逆らえないと思い込んでいたけれど、大人になればもしかしたらもっと穏便な離れ方があったのかもしれない。

「今となっては、もうどうすることもできない」

思えば英知の父親が懸念《けねん》したことは全て、何一つ止められず今形になろうとしている。古い時代の人だっただけに、それでも父親なりに英知と双葉がもし深い仲になったらと考える度、彼はどれほど怖かっただろう。

王のような父に生涯を仕えた人だ。自分の息子が王子に万が一と、震えていたのかもしれないし、息子と王子が世間から排除されることを危惧したのかもしれない。

「訊くことも、できない」

自分が幼かった頃の、父や英知の父親の年齢にいつの間にか双葉は近づいていて、不意に当時の彼等の気持ちを少し知った気がした。たくさんの思いがこの家の中では、出会うことなく交差したのかもしれない。

「……こんなところに」

母屋の裏まで歩くと、双葉には見覚えのない庵《いおり》が在った。

「蔵を潰した後には、最初から建てる予定でしたよ。倉庫に預けられていた蔵の中の物は、だいたいあの庵にあります」

微笑《ほほえ》んで竹中は、前掛けのポケットから双葉に鍵を手渡す。

「坊ちゃま。竹中はもう、七十になりました。この家に来た時私は暴力を振るう亭主から逃げて行くところもない、なんの学びも頼りも持たない女でした」

「竹中さん、七十にもなるのに」

「今更竹中は、何処《どこ》にも行くところはありません。できることも何も」

まだ働いているのかと言い掛けた双葉の言葉を、竹中は遮った。

「僕は今、竹中さんに食べさせてもらった味を思い出しては洋食を作ってる。彼にもたまに、振る舞ってるんだよ。本当においしかったから」

「そうですか……。嫁ぎ先は、洋食屋でした。主人はフランスで修行をしてきて、まだ庶民にはまるで馴染《なじ》まない料理を作ることに拘《こだわ》ったもので。店がうまくいかずに私は苦労しましたが」

逃げたというのだから苦労などという言葉では済まない目にあったのだろう竹中が、不意に、涙ぐんで双葉を見つめる。

「よかった。坊ちゃまにはおいしかったのですね」

「おいしかったよ。忘れられない。今度ちゃんと、作り方を教えてくれるかい？」

「……本当に、おいしいです。この間、カスレ、初めて食べました。すごくおいしかったです」

控え目に、宙人が言葉を添えた。

「カスレを……覚えてくださっていたんですね。坊ちゃまはカスレを作ると、明日も明日もとおっしゃって」

唇を嚙み締めて、竹中が俯く。

「久しぶりに、カスレも炊《た》いてみましょうか。けれど七十にもなって、私がちゃんとできることは、通用門を開けたりこうして坊ちゃまに鍵をお渡ししたりする程度のことなんです」

鍵を差し出してくれた竹中の手は、老いていたけれどとてもきれいだ。

「なのに理由をつけてこの家に置いてくださっているんですよ。お父様はやさしい方です」

言葉で教えられなくても、彼女の手のたおやかさが、この家で今も竹中が大切にされていることを物語っている。

父のことを語ってとうとう堪えきれず、涙が竹中の頬を伝った。

大切に育てた双葉が自分を雇い入れてくれた父親と長く断絶していることが、何より彼女を悲しませている。

二十年近くもその悲しみを見ないできたことを、双葉は辛《つら》く思った。

「……この家を出てから、英知さんはよく竹中さんの話をしてくれた。僕は、英知さんから竹中さんの話を聴くのがとても好きだったよ。やさしい話ばかりだった」

英知の名前を聴いて竹中はただ頭を下げて、母屋《おもや》の方に戻っていく。

今はまだ何も、心の整理がつかないのだろう。

「双葉さんのこと育ててくれた人」

「そうだよ。どんなに嫌がっても坊ちゃま坊ちゃまと揶揄《からか》われた」

「かわいがられたんだね」

——あれは、可愛がっていたと言うんですよ。

竹中の思い出話をして双葉が毒づいた時に、英知は宙人と同じことを言った。

双葉もよくわかっている。竹中は双葉を誰よりも子どもとして見てくれた人だ。子どもの頃に子どもとして扱ってくれた、唯一の人だ。

「よかった。やさしい時間あった」

この家の中に見つけられたと、宙人が安心して息を吐く。

「……そうだね」

竹中が育ててくれた時は、自分も、そして英知も捨てはしなかった。

いや、英知が家を出た双葉に、竹中の愛情だけは持たせ続けてくれた。

十八年も家を離れると景色も変わるのかと、庵に近づいて双葉は竹中が母屋に戻って行った理由がわかった。

こじんまりと簡素に建てられた、何か権威を遠ざけたような庵の中には、父が居る。

硝子窓から、随分と年老いて見える父が、椅子に掛けて本を読んでいる姿が見えた。

「双葉さん」

立ち尽くして動けない双葉の背に、そっと、宙人が触れる。

「俺に本、貸してほしい」

お願いと、宙人は稚《いとけな》いのに何か大人びた声を聴かせた。

傍《かたわ》らに宙人がいて、その体温からはただ愛情と穏やかな気配しか流れてこない。

一人なら踵《きびす》を返して帰ったか、または酷く好戦的になって立ち向かったはずの人のいる庵の扉を、双葉は静かに開けた。

来客にまるで気づいていなかった父、壮一が、驚いて老眼鏡を外す。

この家にいた時も、家を離れて時折メディアで見かけた時も、壮一はいつもよく似た暗い色のスーツをきっちりと着ていた。

グレーの平凡なカーディガンを羽織っている父を見るのは、双葉には少年の頃以来だ。

「……お久しぶりです。入ってもいいですか」

戸口から双葉が、父に声を掛ける。自分の声のやわらかさにただ、驚いた。

驚いたのはきっと、椅子にいる壮一も同じだ。

「どうした、双葉」

双葉がよく覚えている父ならきっと、落ちぶれた姿をわざわざ見に来たのかという険が続いた筈だ。

だが壮一はもう、明らかに時の王ではなくなっていた。

「もし、蔵にあった本が残っていたら、友人が読みたいというもので。作家の、伊集院宙人くんです」

ほとんど想定もせずここに立ったが、それにしても宙人のことをこんなに自然に紹介することになるとは、双葉は全く想像していなかった。

「はじめまして。伊集院宙人です」

「はじめまして。双葉の父です」

立ち上がって、壮一がごく当たり前に宙人に挨拶をする。

その言葉で初めて双葉は、もう壮一が自分にとって父でしかないことを知らされて、何も言葉が見つからなかった。

「おまえが友達を連れてくるなんて、初めてだな」

「さっき、竹中さんにも同じことを言われました」

「竹中さんに会ったか。最近体が辛そうだから部屋で休んでいてもらいたいんだが。おまえからも言っておいてくれないか」

竹中には昔から、母屋の端に一室が与えられている。

自分の物語の中に描く家族のような会話が途切れないことに、何故だか双葉も戸惑いがない。

「竹中さんはきっと、休みませんよ」

「それは私もわかっているんだが」

困り果てて壮一は、ため息を吐いた。

ただの、父親だ。ただの老いた男だ。決して抗《あらが》えない王のように、とても残酷な王のように、ずっと双葉は信じていたのに。

ふと見ると今壮一が読んでいたのは、蔵に閉じ込められた大叔父の持ち物だったという宮沢《みやざわ》賢治《けんじ》の「農民芸術概論綱要」だった。

何故思想的に真逆の父がと、驚きとともに双葉がその本を凝視していることに気づいて、壮一が苦い顔をする。

「マルクスの『資本論』を読まずに政治をやろうと思う者がいたら、それはただの痴《し》れ者だ。私だって学生の頃は、学生運動に関わりたいと思ったことがあった」

初めて聞かされる話に、双葉は言葉が出なかった。

「私や白州より、おまえの祖父の方がまともな父親だったな。社会学政治学、一から叩き込まれた。気触《かぶ》れるならとことん気触れてから考えろと言われて」

ここにある本は、だからとってあるのだと教えられる。

「戦前、戦時中とあの蔵に閉じ込められていたという人は、おまえの祖父の叔父に当たる人だ。

やさしい人だったそうだ。その人の仲間が赤狩りで次々に死ぬので、死なないように閉じ込めたと私は聞かされた。本当の話はもう、誰にもわからないが」

証言する人も亡いと、壮一は苦い顔のままだ。

「ただ、私にはその話がとても恐ろしかった。もしもおまえが」

その今は亡き遠い人のように、ここにある本に溺《おぼ》れたせいで誰かに殺されたら、閉じ込められたら。

社会から排除されたら。

「時代が変わっていっていることに、私は気づいていなかったんだな」

続きを継がれなくても、父がどうして蔵を潰したのか本当の思いをやっと、双葉は知ることになった。

「僕も」

ふと双葉はまた、近所の子どもたちに宙人とのことを受け入れられ称えられたことを思い出した。

あのクリスマス・ツリーの前での出来事は、双葉にとってあまりに大きなことだった。

「最近まで気づきませんでした」

時は流れ、世界は遷《うつ》ろう。

昨日は殺された愛が、今日は美しいと言われる。

そこにある愛は何も変わらないのに。

不条理だけれどそれは、もしかしたら誰のせいでもない。

誰のせいでもないけれど双葉は、父に心があるという当たり前のことを、長く忘れ果てていた。

「何故」

「総理の椅子を目の前にして引退なさったのですか」

そんなことを尋ねるつもりは微塵《みじん》もなかったのに、思いもしなかったことが口をついた。

「おまえは、英知と結託しているわけじゃないのか」

疑われてもおかしくないことを問われたが、壮一の声には棘《とげ》がない。

「僕も、実際のところは何も知りません。一月の社会党の会見で、初めて英知さんの動向を知りました。結託は、今のところしていないです」

未来にどうなるのかはわからないので、嘘ではないことを双葉は言った。

今のところと言った自分を、宙人が見たのがわかる。

どんなまなざしで宙人が今自分を見つめたのか、振り返る勇気は双葉にはなかった。

「そうか。なら何故英知は……ずっとあんなことを、考えていたんだろうか」

竹中と同じように、壮一も英知が何故神代家の政治に背を向けたのか、理由が思い当たらないようだった。

父もある程度は気づいていると、双葉は思い込んでいた。英知と双葉が、ずっと思いを寄せ合っていたことを。

けれど驚いたことにどうやら、父はまるで知らない。

「国会で、英知とやり合った。まさかそんなことになるとは、想像したこともなかったよ」

不意に、卑下《ひげ》とも違う育て親のやさしさが滲《にじ》んだ目で笑って、壮一は「農民芸術概論綱要」に触れた。

「私は英知が生まれたときのことも覚えている。名前も私がつけたんだ。賢さを身に着けて知恵と知識という鎧《よろい》を纏《まと》って、強い子になるようにと望んだ。おまえをよく見ていてくれたが、英知自身は何も望まなかった。思えば三十七年も何も望まないなんてことが、あるわけがない」

気づかなかったし油断していたと、壮一は笑っている。

「社会党の証人として証言台に立つ英知は、知らない男のようだった。獅子《しし》のように雄々《おお》しく。善政《し》を布く王のように勇ましく。名前をつけたときに望んだ通りの立派な男に育った」

目の前で見た英知の姿を、壮一はむしろ頼もしく思い返していた。

「もう、私の出番ではないと知ったよ。負うた子に……私には英知と闘える気力は残っていない」

年齢よりも老いを見せて、父が大きなため息を吐くのを双葉は聴いていることしかできない。

「英知は代議士になるだろう。社会党の新しい闘士となり、それは善政に繋がるだろう。だが英知が総理になることはあり得ない」

それがむしろ壮一には残念で口惜《くちお》しいようだ。

「忘れるな。社会主義国家が、富の平等な分配と真の生活水準の幸福に成功した例はない。思想も言論も制限される。心が拘束《こうそく》される社会にもなり得る」

叱るのでもなく、説くのでもなく、父は息子に言った。

確かに父の言う通り、祖父のようには父は、こんな風に話してくれたことはなかった。

「はい」

子どもの頃はわからなかったが、きっとその時の父こそが獅子のように、家庭など顧《かえり》みる間もなく世界を駆けていたのだろう。

蔵に閉じこもってあの頃の父の言葉で言えば「気触れていた」頃に、たった一度でもこんな会話があったなら、或いは何もかもが違っていたかもしれない。

「そのご友人が、ここの本を読むのか?」

「あの……はい。俺、僕、双葉さんに勉強を習ってるんです。たくさん教えてもらってます」

尋ねられて、おずおずと、そしてはっきりと宙人は双葉の父に告げた。

「宮沢賢治先生が大好きなんです」

「大好き、か」

大きな宙人の笑顔に、双葉にはほとんど覚えのないやさしい目で壮一が微笑む。

「双葉と、仲良くしてくれているんだね」

まるで、二人ともが小さい子であるかのように父は言って、「農民芸術概論綱要」を宙人に手渡した。

「ありがとうございます！」

「また」

自然と、双葉の喉元から声が出て行く。

「来ます」

父に頭を下げて、もう見ていることができずに、宙人の肩を押して双葉は庵を出た。

無言で、来た道を二人は戻った。

もう一度竹中に会いたいと甘えた気持ちが湧いて、そんな自分が耐え難く双葉が唇を嚙み締める。

「君は」

通用門まで行って、狭く感じるようになった家を、双葉は振り返った。

「どうして僕を、家に連れてきたの？」

ここにいた頃果てに辿り着けないと思えた敷地は、宙人となら簡単に一周できそうだ。

「俺が連れてきてもらったんじゃん」

「そうじゃないだろう？」

あっけらかんと言った宙人が、一週間前新聞で父の引退を知った自分をどんなふうに見ていたのか、今日、双葉は知ることになった。

「隣の駅まで、歩いていいかい？」

ふと思い立って、宙人に尋ねて通用門から出る。

きっとまた、自分はこの家を訪ねるだろうと双葉には思えた。

「うん。ゆっくり行きたい」

最後のお願いだと、ふざけている素振りで一週間前に宙人は言った。父に渡された本を今、大切そうに宙人は右手に持っている。

「僕は今日まで、父を思ったりしたことは一度もないよ」

なんなら今日、初めて父と息子として話したのに、何故宙人が父と自分を会わせようとしたのか双葉にはわからなかった。

「この間、インタビュー受けた雑誌に双葉さんが書いた短編小説。読んだ」

宙人が言っている小説は、一緒に出る新刊に合わせて家をテーマにした短い物語だ。書いたのは去年で、英知の離反もまだまるで知らない頃だった。

童話めいた掌編《しょうへん》だ。家の中に何かが棲《す》んでいる。棲んでいるものの記憶が段々と子どもから霞《かすみ》のように消えていく。

「お父さんのことじゃない？　子どもの隣にいる、大きな影」

書いた時に双葉は、そんなつもりはまるでなかった。

「『風の又三郎』を、読んでくれた大きな影」

宮沢賢治作品の中では最も子ども向けに感じる、「風の又三郎」の又三郎は、風のように学校に現れた、不思議な強い少年だ。

「一回だけ、一回だけって何度も書いてあって。一回だけその大きな影が本を読んでくれたんだ。たった一回だけ。だから本当に一回だけの」

宙人に言われて父が一度だけ本を読み聞かせてくれた声が、耳元に蘇る。まだ若い、けれど確かに父の声が、「風の又三郎」を読んでいる声が晴れた午後の風のように双葉の過去から届いた。

聴いた。父の声で宮沢賢治の言葉を聴いた。

双葉の無意識の底に、その記憶は確かに眠っていた。

「大事な双葉さんの思い出なのかもしれないって、思ったんだ」

宙人はもともとそんなにたくさんの本を読まない。難しく読み解こうとしたりはしない。旋律を聴くように自分の書いた言葉と、ただ、寄り添ってくれたのかもしれない。

「……たった、一回だけ」

父は宮沢賢治を読み聴かせてくれた。その日の情景が双葉の目の前に広がった。

いつでもほとんど父は家にいなかった。遊説《ゆうぜい》で日本中を飛び回っていたし、遊説についていけば子どもたちが野次を聴くことになると、いつからか双葉は家で父を待つことがほとんどになった。

疲れて夜遅く帰ってきた父が、双葉の枕元に立った。寝顔を見ようとしたのかもしれない。竹中に灯りを消されるまで読んでいた「風の又三郎」を、双葉は抱いていた。

——そんなに本が好きか。

疲れていたけれど、父の声は笑っていた。

——竹中さんには内緒だぞ？　どれ、……「どっどど　どどうど　どどうど　どどう」。

ベッドヘッドの灯りを点けて、父が「風の又三郎」の最初の一文を読んだとき、双葉は無邪気に笑った。

——こら。竹中さんに聞こえたら叱られるだろう、お父さんが。

いつも真面目で堅苦しい父が、「どっどど」と言ったことがおもしろくて仕方なかった。

楽しくて楽しくて、次の晩も、その次の晩も、双葉はわくわくして「風の又三郎」を抱きしめて部屋のドアが開くのを待った。

待って待って、一年も経つ頃、そのドアはもう開かないのだと気づいて泣きながら眠った。

小学校に上がる少し前だった。漢字がまだ読めなかったのを覚えている。

きっと時代も忙《せわ》しなかった。今思えば近代史の年表では、高度経済成長期が破滅的な終末を迎え始めた時期だ。

その破綻《はたん》から守るべきものが多すぎて、父はいよいよ帰らなくなった時だったのだろう。

今日初めて、双葉はそのことに気づいた。

「『風の又三郎』を、最後まで読んでないんだ」

その長い一年と父の声を、昨日のことのように思い出せた。

「どうして？」

「三郎が転校してきたところまで父が読んでくれて」

呟いた声が、風に吹かれて掠《かす》れる。

「続きを読んでくれるのを毎日、待ってた。多分六歳の時だ。一年くらい待って、あきらめた。

今……思い出したよ」

だから宙人が言っていた短い小説を書くときにも、普段の双葉ならあり得ないことだが「風の又三郎」を捲《めく》らずに書いた。頑《かたく》なに捲りたくなかった。それでも影が読んでくれた絵本は「風の又三郎」にしたくて、小説の中でも冒頭しか読まれていない。

「……今度、俺が双葉さんに読んであげてもいい？」

「今度、か」

何故、隣の駅まで歩こうと言ってしまったのか、双葉は悔やんでいた。

今度は、ないかもしれない。けれどそれは自分が宙人を拒むからではない。隣の駅まで歩こうと、双葉が言ったからだ。

横須賀駅の隣の、田浦駅《たうら》までは歩いて一時間以上掛かった。

記憶の中の田浦駅と、今の田浦駅は改札が変わっていた。

「すごい。すぐそこにトンネル、赤レンガだ」

けれど変わっていないホームで、突き当りにあるトンネルに宙人が驚いて無邪気にはしゃぐ。

「トンネルとトンネルに挟まれているから、一両目が今はホームの中に入れないそうだよ。昔の列車はもっと短かったのかもしれないね」

二人で並んでベンチに座って、この駅まで宙人と歩こうと言った理由を、打ち明けたくなくて双葉は黙り込んだ。

「トンネルの中で停まる電車に乗ったことある?」

尋ねる宙人の声が、楽しそうでただ辛い。

「僕はこの駅から電車に乗ったことは一度もない」

残酷な言葉など、双葉は宙人に放ちたくなかった。

「そうなの?」

その無邪気さ、朗らかさを失いたくない。

「……家を捨てて何処かに行こうと、英知さんを待っていたのがこの駅だった」

けれど、この駅まで宙人を連れてきてしまった。

宙人といる時にはあまり訪れない沈黙が、流れる。

見られないと思ったけれど、見なくてはならないと息を呑んで、双葉は宙人の目を見た。

「……どうして……」

傷ついたことを、宙人は隠せない。宙人は嘘がとても苦手だ。

「確かめたかったんだ」

全ての記憶が蘇る前に思わず口をついたと、双葉は長い言い訳がしたい。

「何を？」

この駅に最後に双葉がきたのは、十七歳の夏休みだった。隣の駅で朝待ち合わせようと、英知と約束した。隣の駅なら大丈夫だと思う程に、十七歳の自分は愚かで幼かったのだろうかと時々思う。

「君が、眠っていた僕の記憶を取り戻してくれた」

――宮沢賢治先生が大好きなんです。

宙人が告げたときに、父は宙人を信じて綻《ほころ》んだ。

――双葉と、仲良くしてくれているんだね。

竹中も父も言ったように、双葉はただの一度も友達を家に連れて行ったことがない。友達がいたことがない。

息子の友を見たことがない父は、宮沢賢治が大好きだという青年にやさしい目をした。

その父の目を見ることができて、だから初めてやさしい風が吹いたのかもしれない。

「さっき、歩きながら、読み聞かせてくれた父の声まで聴こえたよ。君のおかげだ」

その記憶の端を摑んで、きっと大切な記憶があると信じて、宙人が今日双葉を父親に会わせてくれた。

それなのに。

「確かめたかったことって、なに?」

足元が見えなくなって本当に酷いことをしたと黙り込んだ双葉に、それでも宙人が尋ねてくれる。

「本当にごめん」

こんな風に他者に何度も謝った記憶も、双葉にはなかった。

宙人を傷つけた。堪《たま》らなく胸が痛んで、もう何も話したくない。

「教えてほしいよ。大事なことだから、俺にとっても」

聴きたいと宙人は、肩を寄せてくれた。

重い唇を、双葉が開く。声を喉《のど》に呼ぶのに、とても時間がかかった。

「……夜に約束をして、早朝この駅で待ち合わせをした」

無意識に口元に手を当てて、なんとか言葉を絞り出す。

その真夏の夜明けまでは恐らく、どんなに時が経っても間違いようのない記憶だ。

「僕だけがきて、彼を待っていた。彼は来なかった。父の側についたと信じたし、彼も僕にそう言ったことがある。それで、彼を憎んで名前を奪った。そう思っているけれど」

この話は去年の夏、英知ともした。

「本当はちゃんと覚えていないんだ。ここに座った後のことを何も覚えていない。座ったことさえ、本当だったのか怪しいと思う時もある。もしかしたら行かなかったのは僕で、記憶を書き換えて何もかも彼のせいにしてるんじゃないかって。だとしたら僕は」

ただ英知を縛り付けて苦しめ続けただけなのではないかと、曇りガラスが被ったような記憶を、双葉は英知がこうして動き出してから何度も思い出そうとした。

長い時を思い合った。その思いが拗《こじ》れて歪《いびつ》にお互いを絡め合うようなことになったのは、この駅での約束からだ。

けれど双葉は記憶がない。

思い合ったのでも絡め合ったのでもなく、もしかしたら英知だけをただひたすら苦しめた可能性もある。

「なんでも、僕の言うことを聞いてくれた。あの朝だけ彼が来なかったなんてこと、あるだろうか。約束を破ったのが僕なら、僕は」

どんな償《つぐな》いをと言おうとした双葉の手首を、宙人は摑んだ。

「なんで俺が双葉さん好きになったか、覚えてる？」

手を取られて双葉は、真夏のベンチから宙人の隣に帰ることができた。

「……何故？」

「言ったよ。たくさん考えるから。たくさん考えるのは双葉さんがやさしいから。今もだけど、ずっと双葉さんはたくさん考えてきたんだね。俺の、好きになった人」

愛おしそうに切なそうに、宙人が言葉を紡いでくれる。

「苦しまないで」

唯一の願いを、宙人は声にした。

「もし、もしも、あの人といくなら」

最後まで言えずに、宙人が唇を嚙み締める。

「ちゃんと、幸せになって」

けれど宙人は、双葉に笑顔を見せた。

「……お願いだよ」

それだけが希《のぞ》みだと、宙人が双葉に懇願《こんがん》する。

やがて、一両だけがトンネルに入る列車がホームにゆっくりと入る。ここから鎌倉までは、たった三駅だ。

窓からの景色を眺めて、宙人に言われた通りとても近いと、素直に双葉は思えた。

「コンサートだけ、一緒に行こ?」

鎌倉《かまくら》の双葉《ふたば》の家の門扉《もんぴ》まできて、立ち止まって宙人《そらと》は言った。

「俺も一回だけが多いや」

しかたなさそうに、苦笑する。

「……西荻窪《にしおぎくぼ》に帰るの?」

家に入らないのかと、双葉は驚いて訊いた。

けれど訊いてから、今日の自分に驚く権利などないとすぐに思い知る。

「一緒にいたらきっと抱きしめちゃう」

右手にずっと大切に持っていた「農民芸術概論綱要」を、双葉の手を取ってその手の中に宙人は両手で持たせた。

「双葉さんがいやなことは、絶対したくないんだ。俺」

二月の誕生日に英知が訪れてから、宙人は双葉を抱いていない。

「コンサート、タキシード着ていくね。カチってするだけだから。……あ」

自分が今スーツを着ていて、着替えが家の中にあるとそれで宙人は気づいた。

「なら、着替えてから」

家の中にと促した双葉に大きく首を振って、宙人が手を振って走って行ってしまう。

瞬く間に、宙人の背は見えなくなった。

小さく息を吐いて、三月の庭に、一人で双葉は足を踏み入れた。去年までの春とまるで違う。

「アカシア、こんなに咲いていていたかな。この鈴蘭《すずらん》、君が勝手に植えたんだったね」

いないのに宙人に語り掛けて、去年の真夏に宙人を失ったと誤解したことを思い出した。酷《ひど》く寂しかった。

あの時よりずっと、今双葉は寂しい。

「だけど……それはもしかしたらただ、一緒にいたからなのかもしれない」

惑《まど》いには呑み込まれにくいと信じた自分の心が、足元も見えないほど揺れていた。

生まれて初めて、父ときちんと話した。色んな人の思いがあの家を通り過ぎていた。

けれど英知《えいち》が自分の父親を亡くしたとき、まだ獅子《しし》で王だった壮一《そういち》から双葉を強い意思で守ってくれたことも竹中《たけなか》から聴かされた。

「どうしたらいいのかわからないって、この間君は言ってた。僕も、どうしたらいいのかわからないよ」

不意に、歩き過ぎた今日の疲れに動けなくなって、なんとか辿り着いたデッキでベンチにもたれる。

何故《なぜ》、どうして英知が壮一を裏切ったのかまるでわからないと、そんな風に竹中は悲しそうにしていた。

壮一は闘いに立った英知に、もう立ち向かえないと老いを見せていた。

その英知がどんな風に今を闘っているのか、双葉も知っている。新聞からだけでなく、気に掛かって携帯で選挙演説を何度か見た。

何も求めない人だった。父が言った通り欲しいという思いを、英知は隠し続けていた。

「すごいよ、英知さん。父も気づいていない。白州《しらす》さんだけは……わかっていたんだね。さすが実の父親だ」

いつから英知はそうしていたのだろう。

戦意を消して、無害な振りをして、それはそれできっととても強い力がいることだったろう。こんなにも闘える男なのに、こんなにも怒りと愛を英知は隠していた。あまりにも長い時間。

「僕は、もうあなたの思う通りにするだろう。きっと」

抗《あらが》えない。濁流のような英知の愛情の流れに、ささやかなように見えて大切な思いを自分が他に持っていたとしてもきっと、流されてしまうだろうと双葉は弛緩《しかん》した。

「本当は今日、この庭で君に言いたいことがあったのに……」

帰ってしまうなんて酷いよと、勝手をわかっていて宙人に双葉が呟く。

掌編《しょうへん》小説から、父とのやさしい思い出を宙人は感じとってくれた。

最近双葉は、一つ自分の大きな変化に気づいていた。そんなに極端に書くものが変わったわけではない。

「僕は、白洲絵一《えいち》の小説が好きになったんだよ。君が現れてから」

憧れていたきれいなやさしさと、この庭に棲《す》んでいる自分が、もしかしたらほんの少しは一致したのかもしれない。

けれど一人こうしていても、自分と物語はうまく重ならない。

ひなたのしたで、光のように照らしてくれる人がいなければ、白洲絵一の小説と双葉は重なることができない。

初めて自分でも認め、愛してやることができた自分はこの光の降る庭のようだ。光が降らなければ、木々の緑が撓《たわ》むのも淡い色の花びらが揺れるのも、何も見えはしない。

佇《たたず》んでいる鈴蘭を、身動きが取れずに双葉はただ見ていた。


消えかけていた、硬いベンチに座る夢がついに途絶えた。

現実が忙《せわ》しなく追いついて、追い抜いていくようで双葉《ふたば》は疲れて夢を見なくなっていた。

待ち合わせをしていた午後のオペラシティのガレリアで、タキシード姿の宙人《そらと》を見つけて双葉は息を吐いた。

「待たせたね」

一月に少し先だと大吾《だいご》が言っていた、四月の「ルネ・クレマン映画音楽コンサート」の日は瞬く間にやってきた。

「全然。待つの嬉しかった」

春の真昼の陽の下で、子どものように宙人が笑う。

今日は双葉は、アイボリーのスーツを着て中も白いシャツにした。

「君が植えてくれた木瓜《ぼけ》の花が、今とてもきれいに咲いているよ」

よかった金髪のままだと心の片隅で思って、双葉が笑う。植えてくれた花が咲いたのに見に来ないなんてと、双葉は言いたいけれど言えない。

多くの人が想像した通り、白州英知《しらすえいち》は社会党党員としては異例の得票数で当選し代議士になった。更には新人にも拘わらず、重要な書記局の中に迎え入れられた。

もうすぐ国会が招集される。忙しくしている英知の動向は、日本中が見ていた。

「……まだ、きっと双葉さん俺のこと全然好きじゃないときに植えたやつだ」

去年の四月に初めて鎌倉《かまくら》を訪ねた日を丁寧《ていねい》に思い出して、その時はそうだったと宙人が笑う。

足元を固めた英知がもう迎えにきたのかとは、訊かなかった。

「あの時はまだ銃を持ってなかったけれどね。丁度一年前だ。嘘のように遠い」

「俺もめちゃくちゃ遠い」

二人でただ笑い合って、双葉も何も言えることがなかった。

代議士になって国会が開かれるまでの日々、寝食の時も見つからないほど英知は多忙を極めているだろう。それでも英知が忙殺はされないことだけは、双葉もわかっている。いつなのかはわからない。英知は迎えにくる。そのために今多忙が在るのだから、忙殺されるわけがない。

「なんだ。一緒にきたか」

声を掛けられて、それが大吾だとは双葉にも宙人にもすぐにわかった。

「こんにちは。お揃いですね」

いつもの鼠色《ねずみいろ》の正祐《まさすけ》とともに、濃紺のスーツの大吾が、英知の躍進を知っていてそれでも双葉と宙人が一緒でよかったと息を吐いて見せる。

「おっと最後になってしまいました。晴れてよかったです。もう開演十分前ですね」

今日は山査子《さんざし》色のつるの眼鏡を掛けた細かな千鳥格子《ちどりごうし》のジャケットを着た篠田《しのだ》が、一時半になろうとしている腕時計を見てから、四人に挨拶《あいさつ》をした。

「楽団はウィーン・フィルだそうだな」

「それはすごいね」

コンサートの日は覚えていても、双葉は内容までは頭に入っていない。

「最後に来てなんですが、席に着きましょう。関係者受付ですから、多少時間が掛かりますよ」

既にガレリアで注目を集めていることに目を細めて、篠田が皆を促した。

人目を受けながら回転するガラスの扉に五人で歩き、建物の中に入る。高い天井がガラスになっていて、光が差し込んでとてもきれいだ。

三階まで上がってコンサートホール受付で名前を告げて、それぞれにチケットを受け取り、また双葉は天井を見上げた。光が透けていて、不思議なオブジェが無数に降っている。

「前来た時は緊張しちゃったんだ、俺。きれいだなあ」

隣で宙人が、同じように高い天井を見上げていた。

「今日、一緒に見られてよかった」

これが最後のデートだと覚悟しているように、双葉には宙人の声が聴こえた。

開演十分前を切っているので、あっという間に人が増える。

その人の波に抗《あらが》わず、コンサートホールの中に入った。三角屋根の美しいホールの正面には、荘厳なパイプオルガンが据えられている。

「本当に、きれいなところだね」

双葉が呟くと、宙人は嬉しそうに悲しそうに、笑った。

通路を一つ挟んでいる、ステージが見えやすい関係者席に皆で並ぶ。

双葉は宙人と連席でと犀星社《さいせいしゃ》に頼んだので、十三列の十六番と十七番に座った。

「ウィーン・フィルか。招待してもらうには、少し」

恐らくこのチケットはかなりのものなのではないかと今更気づいて、隣の十七番に座っている宙人を見る。

「何?」

やはり痩せてしまったままで、それでもいつも以上に嬉しそうに宙人が笑った。

「寝ないようにねと、言ってはおかないと」

「だけどあのやさしい音楽でしょ? 『禁じられた遊び』の」

小さく宙人が、映画の中でナルシソ・イエペスがギターで演奏した音楽を口ずさむ。

「こら、お行儀が悪いよ」

「だって、楽しみで。……なんか」

叱った双葉に、宙人ははにかんだ。

「本当に久しぶり。すごく嬉しい」

素直な思いが宙人の持っている平易な言葉で、けれどまっすぐに双葉に届く。

「お隣、いいですか?」

何か宙人に応えられるすべがあるはずだと双葉が思った刹那《せつな》、強い影が差して頭上からよく知った人の声がした。

「……あ」

宙人が声を漏らして顔を上げるのに遅れて、双葉も顔を上げる。

過度ではない黒いスーツを着た英知がそこに、十五番の前に立っていた。

今日本中に知らない者はほとんどいない社会党の若獅子《わかじし》は会場の視線を一身に浴びながら、

まっすぐに双葉だけを見ている。

「どうして」

「チケットを買ったんですよ」

堂々と座席について、英知は前を向いていた。

「だけど、何故《なぜ》この席に」

双葉も前を向いていたけれど、尋ねる声が僅かに震える。

「こんなことは、以前ずっとやっていた雑務です。造作《ぞうさ》もない。仕事ならくだらないが、あなたの隣に座るためなら喜びさえあった」

黙々と三十七歳まで務めた仕事を、「くだらない」と英知は一言で片づけた。

「自分のためにあなたの隣の座席を探して、自分のためにその座席を得ました」

見たこともない雄々しい王のようだったと、父が英知を語っていたことを双葉が思い出す。

秘めていた力も欲も全て解き放った英知は、確かに父の言う通り抗いようのない王だ。

何より、それだけの力をただ自分のために内側に秘めて押し殺していたことに、双葉はもう声も出なかった。

「……このメンツでメシを食おうと思っていたが」

また今度があればいいなと、大吾が存外善良な声で言うのが聴こえて、それが救いになることには双葉はもう俯くほかない。

英知の顔も、宙人の顔も、見ることは叶わなかった。

開演を知らせるベルを、ホールの外で誰かが手で鳴らしている。淡々とした音だ。程なく、ウィーン・フィルによる美しい音楽が流れ始めた。遠目だがその指揮者に双葉は見覚えがある。グスターボ・ドゥダメルだ。好きな指揮者だと思いながら、音に集中などできるわけがなかった。

真夏の駅のホームのベンチの硬さを、はっきりと思い出す。思い出していつも双葉は思う。この記憶は偽りなのではないか。今左に座っている人を本当に裏切ったのは、自分なのではないかと。

繰り返される思考も冷たく固く閉じられそうになった頃、不意に、双葉の右手がぬくもった。ぬくもりに先に気づいて顔を上げると、「禁じられた遊び」の映画音楽はギターではなくオーケストラが奏でていた。

存在感のある指揮者が、やさしい動きをする。

幼い頃に十字架を挿してくれた人と、クリスマスに十字架を挿してくれた人が、それぞれ双葉の隣に座っていた。

手を重ねている宙人が、涙をこぼしたのが双葉にも伝わった。

宙人は今日は、どんなに美しいゆるやかな音楽を聴いても眠らないだろう。

これが彼との最後の邂逅《かいこう》になるのだろうか。

真珠のように白い薔薇《ばら》の蕾《つぼみ》と、淡いやさしいラナンキュラスを誕生日に彼らは双葉にくれた。

今双葉の目の前にある花は、本当は一つだ。

永遠に終わらないでほしいと願ったコンサートは、「パリは燃えているか」を情熱的に聴かせて終演した。

挨拶は敢《あ》えてせず、大吾と正祐、篠田が立ち去ったのがわかった。

この後どうなるのか、双葉にも何もわからない。

「出ましょう」

英知にそう、促されて立ち上がる。それでも双葉は、ずっと自分の指を握っていた宙人の手を放さなかった。

無言で三人で、コンサートホールを出る。さっききれいだと宙人と見上げた天井は、もう振り返らない。ガレリアを一言もなく歩いて、十月にタクシーに乗ろうとして出会った場所で、英知は立ち止まった。

「国会が召集されます。今日しかなかった」

愛人の手を放せと、英知は言わない。

宙人を見ようとせずに、ただ双葉をまなざしで抱いていた。ずっとそうしてきたように、長い時間の中と変わらずに、抱いた。

「長い時が掛かりました。全てを盤石《ばんじゃく》にしなければあなたを抱けないと思って、私は」

宙人が繋いでいる手など構わずに、心だけでなく体で、英知が強く双葉を掻《か》き抱く。

積年という言葉が、双葉が唯一今紡《つむ》げた言葉だった。長すぎた時間心だけで抱き続けた思いの全てで、広い胸力強い腕に抱かれている。苦しいほど強い力で。

わかっていたことだった。この濁流を、双葉は泳げない。英知の望むようにもう、流されていくしかない。

つないでいた筈の宙人の手は、抱かれた瞬間に離れてしまっていた。見ることも叶わない。

「父に、会ったよ」

少しでも何か英知を止める言葉を探して、彼の肩で双葉は喘《あえ》いだ。卑怯な言葉だとは、自分でもわかっている。それでも英知を止めたかった。

心に掛かってはいたのか、英知が双葉を抱いていた両手を緩める。

「政界を引退したのでさすがに気にかかって……そうじゃないな、違う」

ずっと英知に耐えさせていたのは自分であり自分の父との関わりのせいなのに、英知に罪悪感を与えたことに双葉は目を伏せた。

英知が父を追い落としたことを、双葉はもともと父に持っていた感情を抜きにしても恨みはしない。尋ねることはないだろうけれど、それは父も同じのような気がした。

「引退は、きっかけでしかない。僕が父を覚えていることに、彼が気づいてくれたんだ」

まだ傍《かたわ》らに立っていてくれた宙人を、双葉は掌で英知に示す。

「君は、双葉にとてもよくしてくれたんだね。ありがとう」

礼儀正しく、英知は宙人に礼を言って頭を下げた。

「でも私に返してくれ」

懇願のようで英知の声は、命令に近い。

礼につられて頭を下げた宙人は、ただ、立ち尽くしていた。

三人をそれぞれに知っている人々が、遠巻きにこの出来事を見ている。

「……英知さん。お立場があるのに」

この状況で一番困るのは英知のはずだと、小声で双葉は告げた。

「かまいません。自分は生涯独身を通すことも、愛する人があなたであることも誰にももう」

一つ一つ綴《つづ》られる言葉が、英知がそれを仕舞い込んできた時間の長さを教える。

「二度と隠すつもりはない」

そして愛人の存在を認めないと、双葉の肩越しに英知は黒い瞳で宙人を射た。

「生まれた時からだ。あなたを抱きしめることにどれだけ堪えたか」

「わかってるよ。長い時間、僕たちは求め合った。愛し合った」

言葉にして声にするたび、双葉も本当は一つ一つ英知とは違うことに気づく。

過去形だということに。

過去形であることに気づいてほしいのは、目の前にいる英知にではない。

「……双葉、さん？」

気づいてほしい人が、双葉の悲鳴を微かに聴いていてくれた。

英知さんのお父さんが、そのことに気づいて英知さんを叩いた。酷《ひど》く、叩いた」

悲鳴を聴いてもらえただけで立っていられて、一番耐えられなかった思いを双葉は今、英知に打ち明けた。

「なんでもないことです」

「僕は、そうじゃなかった。英知さんが叩かれるのは辛《つら》かった。そんな言葉じゃすまない。普段僕にやさしい白州さんが、そのときだけ人が変わるのも怖かった。あなたが耐えた時の重さと長さに」

そうして、その頃ははっきりとわからなかったけれど羞恥《しゅうち》に双葉は死にたい気持ちにさえなった。言葉にせず瞳だけで抱き合っていることを知られていると、心の底ではわかっていた。

「僕はどうやったら償《つぐな》える?」

死を思うほどの羞恥と恐怖の中に、身を寄せ合っていたのに。自分はただ英知を頼っている、幼いポーレットと同じだった。罪とも知らずに、十字架を求め続けミシェルに罪を重ねさせる幼子でしかなかった。

「……償う?」

意味がわからないと、英知が険しい目をする。

「償うために、行くの？」

問いかけた宙人は同時に、双葉の手を摑んで引き留めた。

「触らないでくれ。これ以上、二度と」

度し難く耐え難いと、低く強い声で言う前に英知が宙人の手を打ち払う。

「そんな怖い声、双葉さんに聴かせないで」

精一杯の懇願を、宙人は声にした。

けれど英知には宙人の願いなど少しも響かない。

「あなたは、本当に濁流のように変わっていく。……いや、そうじゃない。もともと持っていたあなたの姿に還っていくんだね。そんなにも闘える人だったのに」

どうして堪え続けたのかと問えば、それはきっと双葉のためでしかない。

壮一に手を掛けさせまいとして、英知は自分の父の死さえ一人で過ごしたのだ。

きっと、双葉はこのまま英知の腕に全てを任せることになる。そうする外《ほか》ない。

「僕の鎌倉の家の庭が、とても変わったのを知ってる？」

わかっていて動かない足が、このまま違う方角へ歩き出さずにすむ言葉を必死で探した。

「あなたにとてもよく似合っていた、あの庭ですか？」

すぐに返されて、英知と自分の庭が違っていることに双葉は気づいた。

「そうか、英知さんは、夜の庭しか見たことがないんだね」

十年以上、英知は夜にあの庭を通り続けた。ほとんど手入れされなかった夜の庭は暗く、月夜が照らさなければただ凍えるようだっただろう。

「真昼の庭がすごくきれいなんだよ。光が、降って」

宙人がその庭を、育ててくれた。双葉はその光の降る庭が好きだ。光の降る庭に宙人といれば、ずっと愛しようがなかった自分を愛せた。

「もっと美しくします。あなたが望むなら私は、なんだってできる」

双葉の紡ぐ言葉は、英知に本当の意味を乗せて届かない。

「赤にでも黒にでも白にでも染まる。あなたが棲《す》みやすい世界に変わるように、何もかもを染め尽くす」

思想の違いに耐えかねて双葉が家に背を向けたと、英知は思い込んでいた。

双葉自身、そう思っていた時期は長かった。

けれど耐えられなかったのは思想の違いではなかったと、この間竹中から話を聴き、父と話して双葉はわかった。

「庭の光は、充分きれいなんだ」

何より父が「風の又三郎」を読んでくれた声を、宙人が聴かせてくれた。

一つ一つが、本当なのに食い違ってしまっている。

時の巡り合わせだ。仕方がないことだ。もう、どうすることもできない。

「双葉さん、俺」

頼りない声で、それでも宙人が双葉を呼ぶ。

同じように頼りない目をして、双葉は宙人を見た。

「何」

子どもだった双葉が、あの家の中で何より耐えられなかったのは、感情だった。

荒《すさ》み、怯え、怒り、悲しみ、愛情の不在と時には暴力と。

——私にはその話がとても恐ろしかった。もしもおまえが。

父が、愛する人に自分を見張らせていた理由も、この間まで知らなかった。

何もわからないまま歩けば、痛みしか生まれない。

「行かないでほしい」

いつでも双葉の感情を見ていてくれる、宙人が、言った。

「お願いだよ。行かないで」

強いまなざしをむけた英知を、まっすぐに宙人が見返す。

「双葉さんがずっとあなたのこと愛してたことも、あなたのものだったことも俺、知ってます。あなたがすごく頑張ったことも、知ってます」

怯まずに、宙人はゆっくりと英知に言った。

「でも、俺、あなたに双葉さん返せません」

望みを、言葉にして伝える。

「君にそんなことを言う権利はない。これは私と、双葉の問題なんだ」

「違うよ」

違う、ともう一度繰り返した宙人は、闘える言葉を簡単には見つけられなかった。

「俺、なんにも持ってない。あなたみたいな人に絶対敵《かな》わない。わかってます。いつもの俺ならもうとっくにあきらめる。でも」

胸に持っている思いを掻《か》き集めて、宙人が英知の前にまっすぐ立つ。

「あきらめないよ。だって、双葉さんこのままあなたと行っても幸せになれるって俺、今信じられてない。幸せになれないかもしれないのに、行かせられないよ」

とても宙人らしい言葉を、じっとして双葉は聴いていた。

庭に降る光のような言葉を、傍らで今、双葉は待っていた。宙人の言葉を持っていたい。せめて、持って行きたい。

「幸せにするために何もかもを用意した。足りないものがあるならそれも、どんなことをしても手に入れる」

必死に立ち向かう宙人に、英知はまるで揺らがなかった。

英知は確かに、盤石にした。それは社会的地位や立場、神代《かみしろ》家との関係性だけでなく、そこに全てを懸けたことによって双葉が身動きが取れない足場を作った。

「双葉さんのほしいものは」

不思議に、宙人の声は落ちついている。

「愛情だけなんだよ」

それだけはよく知っていると、宙人は英知に教えた。

そして、双葉にも。

堰《せき》を切って溢れ出した英知という熱を持った流れに、溺《おぼ》れるしかないとあきらめていた双葉の指先が、岸辺に触る。

指先にほんの少し触った岸辺は、止まっていた呼吸を巡らせてくれた。

「それはずっと持っている！　私は双葉への愛情を手放したことなどない。……ひと時もだ」

英知という濁流も、僅かに流れを止めた。

今宙人に教えられたことを、英知もきっと、忘れていたのだ。

見失っている。英知と双葉の、二人ともが。最初にあったはずの、ただ愛しただけの日々を。

お互いが大切で傍にいたくて、相手の痛みを自分の痛みと同じに耐えた時間を。

もう、見失っている。

「英知さん」

二人では気づきようがなかった。双葉に、双葉の愛を見ていてくれる人がいたから気づけた。

「自由に、なりたい」

許してほしいと、双葉が英知に告げる。

「自由になりたい。自由になろう？　勝手なことを言って、本当にごめんなさい」

呆然と、英知は双葉を見ていた。

その驚きは双葉の拒絶のせいではなく、自分が愛情を見失っていた気づきと、それが簡単には見つからないからだ。

「『禁じられた遊び』、一緒に見たね。子どもの頃」

今日奏《かな》でられた音楽はけれど、ほとんど双葉の記憶に残っていない。

「……あなたのために、十字架を土に挿しました」

愛が見つけられない英知から、揺るぎなさが潰《つい》えていった。

「僕はあの映画がとても好きだった。英知さんは僕のミシェルで」

遠い日の、今は英知にも双葉にも見えなくなった愛だけが間違いなくあった森を、瞼《まぶた》を伏せて双葉が尋ねる。

「罪というものを知らないポーレットと、ミシェルは離れることができてよかったって。僕は思ったんだよ」

顔を上げて双葉は、恐れずに心を持って、英知を見た。

「ずっと、私はあなただけのために十字架を盗み続けられた。土に挿すことができた。今だって」

確かにあると信じていたものが、ないのかもしれないと英知も俄《にわか》には認められない。

「僕が、変わってしまったんだね」

光の方を、双葉は見た。

隣を見つめると、宙人は双葉よりも英知よりも、揺らぎなくそこにいた。宙人は見失っていない。

誰に何が大切なのか。誰を愛しているのか。愛する人を幸いにすることは、どんな光なのか。

「双葉」

もう体が宙人の方を向いている双葉を、英知は堪えられず呼び止めた。

「俺は行ったよ。あの夏の朝、駅に」

俺、と英知が言ったことに、双葉が息を止める。幼い頃にしか聴いたことがない。それもよほど気持ちを緩めた時にしか聴くことのなかった、蓋をされた英知だ。

その英知が言うのなら、彼を裏切ったのは自分なのかもしれないと足が竦《すく》む。

「嘘は」

揺らがなかった宙人の声が、震えた。

「やめてあげて。双葉さんずっと考え続けてる。そのこと」

さっきまで息ができていたのに、泣いてしまいそうに宙人の声が強く英知に懇願する。

「自分のこと醜いって言うんだよ。嘘ならやめてあげて？　たくさんたくさん考えるんだ、双葉さん。記憶が、曖昧《あいまい》だって。あなたのことたくさんたくさん、考え続けてる。もう」

「本当に行ったんだ」

苦しめないでと言おうとした宙人に、英知は声を低く落とした。

「駅のベンチに座っている双葉をずっと見ていた。勇気がなくて、ただ、見ていた」

低い声が弱くなって、もう何処《どこ》にも面影がないのに少年のように頬に影が差す。

「そのうち、暑くなって双葉は水も飲まずにいたから。倒れて駅舎に運ばれた」

英知の語る記憶は、双葉には初めて聴くその夏の朝の光景だ。

「行ったのは嘘じゃない」

首を振って、酷いことをした幼子《おさなご》のように、英知が双葉を見る。

「一緒に家を捨てて、幸せにできる自信がなかったから」

英知は英知で、ずっと、その日の双葉を裏切った罪の重さに苦しみ続けていた。

「ただ、見ていた。触れもせずに」

未練はある。

双葉にさえ、思いは残っている。

「不思議だね。僕たちの人生はずっと重なっていたようで少しずつ離れていって」

双葉を苦しめないでと言って泣いてしまった恋人の背を、掌《てのひら》で双葉は抱いた。

「重なることはきっと、ないんだと思う。ほんの少しの隙《すき》に僕は」

涙が伝う宙人の頬を、双葉の指が拭う。

「この子を愛した」

長いこと英知は、双葉を見ていた。

その黒いまなざしを、双葉も惜しんだ。

どうしても重なることができなかったけれど、初めて愛した人だ。

英知がいてくれなければ、まず双葉は人を愛することを覚えられなかっただろう。

「英知さん」

歩き出した英知の背に、双葉が名前を呼ぶ。

「ありがとう」

最後に彼に何か、確かに愛があった言葉を探して、考えることなく声になったのは「ごめんなさい」ではなく、「ありがとう」だった。

一緒にいた闇から英知も離れて、双葉とはきっとまるで違う光の中へ、その踵《かかと》が歩いていく。

「……いいの？　俺なんにも持ってない」

泣きながら宙人は、確かめるように双葉を見つめた。

「ポーレットはきっとミシェルと再会して幸せに暮らしたらいいのにと言ったのは、君のための嘘だ」

やっと本当のことを宙人に打ち明けられて、双葉はきれいな水を呑んだように喉が通った。

「君にできることは」

手を伸ばして、宙人の涙を何度でも拭う。

「そんなことを言って僕を悲しませないことだ」

「悲しいの？」

「ああ。とても悲しいよ」

それでも堪えていたのか、双葉が幸いにここにいることに宙人はしゃくり上げた。

両手を伸ばして、双葉は幼子を抱くように宙人を抱いた。

「そんな思いをさせたのは、僕だ」

去っていった自由を与えてくれた人には、ありがとうを。

「ごめん」

これからを寄り添う愛を見ていてくれた人には、ごめんなさいを、双葉は渡した。


双葉《ふたば》も宙人《そらと》も、きっと今日のオペラシティが最後だと思っていた。

だから時々しゃくり上げてしまう宙人と電車に並んで座って、鎌倉《かまくら》までの道のりを帰る中、二人はずっと手を繋いでいた。

どちらから繋いでいるのかはわからない。もしかしたら二人ともが、自分が手を取っていると信じている。

それは幸いなすれ違いで、幸いな重なりだ。

館の庭を通る頃には、四月の長い日もやわらかに傾いていた。

多くの言葉はなく、簡単な食事をした。双葉があまり覚えていないと言ったら、「禁じられた遊び」の音楽がきれいで泣いたと、宙人は教えてくれた。

泣き過ぎたから顔を洗いたいと宙人が先にシャワーを使って、後から髪を洗った双葉がローブで寝室に入る。

ベッドの上にTシャツで、宙人は座って双葉を待っていた。

「少し、嘘でもいいよ。ってゆうか、嘘つかなくても大丈夫なんだよ?」

顔を見て真っ先に、宙人が双葉に告げる。

「……なんのことだい?」

自分を待って一息に宙人がその言葉を言ったのはわかったけれど、主語がないので尋ね返しながら双葉は隣に腰を下ろした。

「だって、すっごく長いその」

言っておかなくてはならないと決めたことを、宙人は双葉を待っている時間に懸命に明文化していた。

「とってもきれいな時間があって、今の双葉さんがいるんだから。俺が悲しいと思って隠したり、しなくていいんだよ」

英知《えいち》との時間のことを、宙人は言っている。

「捨てないで。双葉さんの大事な思い出。持ってた愛情。……持ってて、大丈夫」

いいよと許す言葉ももう使わず、「大丈夫」を宙人はもう一度言った。

そこに違う人への愛があり続けても、自分は大丈夫だと宙人が大きく笑う。

「そうか」

言われなかったら双葉は、無理に捨てようとしたかもしれない自分に気づいた。

大切だったはずの思いを、重荷にしてしまっていたかもしれない。

「闇夜だけれど、ガラス瓶の中のようなきれいな時間だった。宮沢賢治《みやざわけんじ》が描いたような」

少年の英知と心だけで手を繋いでいた時、双葉は冷たいけれど銀河鉄道に乗っていたのだ。

光る十字架も、赤い蠍《さそり》も、星の川も見た。

言葉もなく、時々目を合わせて、きれいな車窓をただ、見ていた。

「きれいだけれど、凝《こご》っていた」

「コゴッテルってなにーっ！」

いつもの声を聴かせた宙人に、語尾が音引きで伸びても今夜は双葉は叱れない。その声を聴けたことが嬉しいと思う気持ちに、抗《あらが》えはしなかった。

「ずっと、時間はかたまって止まっていた」

「でも、きれいな時間だったんだね」

まだ胸に凝っている時を教えると、宙人はすぐに「きれい」と言った。

黒い金剛石のような銀河の石は、どんな風に捨てようとしてもきっと双葉の胸に在り続ける。

夢ももしかしたらまた、時々は見るだろう。完全に忘れられはしない。

そのすべてが双葉だと、宙人は言った。

許すようなことでさえなく、それが双葉で、きれいだと言った。

「俺えらくない？」

褒めて、とベッドで宙人が笑う。

「……いい子だ」

「子ども扱いしないで」

「僕は君の教師だから」

なけなしの残っている盾を見せた双葉の手首を、宙人は取った。

捕まれたことにすぐに、双葉は気づけなかった。やさしくそっと双葉に触った宙人は、ゆっくりと体をよせて瞼《まぶた》に唇を当てた。

同じように双葉も、宙人の瞼に唇で触れる。

離れたままになるかもしれないとお互いが思った肌が、触れ合って段々とぬくもっていく。

「僕も幼子だった」

こんなことを認める夜がくることを、去年の春には双葉は想像もできなかった。

「君が現れたので、ようやく歩き出した」

凝っているきれいな時間の初恋の人と、抱き合ったらどんなだっただろうかと思わなくはない。

「……想像は、つかないけれど」

火に触れるほど熱かったのかもしれない。その火に、今の双葉は耐えられず尽きて消え去ったかもしれない。

「何？」

「君は僕に」

大丈夫だよと言われたせいでなく、双葉は過去にあった愛情のことを考えていた。

「感情を与える」

それはやはり、宙人に悪いとは思ってしまう。

「僕の感情は、誰でもない僕に、殺されていたみたいだよ」

けれど双葉はずっと、自分の他者への愛について考えることを自分に禁じていた。

「君が、息を吹き込んだ。この庭のように光をくれたのは君だよ。けれど、闇夜のような思いも簡単にはなくならない」

それを持っていていいと、宙人は言ったけれど。

「本当に君はそれでもいいの？」

消えない夜が、宙人を苦しめるのは双葉は嫌だ。

「俺の気持ち、双葉さんたくさん考えてくれてる」

苦しみを案じられたことだけを受け取って、宙人が泣いているように微笑《ほほえ》む。

「たくさん泣いたから俺、今日寝ちゃうかと思った」

強くはない力で、宙人は双葉を抱いて、ベッドに寝かせた。

殊更静かに自分に触れようとした宙人が、双葉が今日怖かったのではないかと案じていると、くちづけられて双葉は知った気がした。

「ん……」

長い、触れるだけのくちづけが、段々と深まって二人の境目が曖昧《あいまい》になる。

くちづけを解いて、双葉の髪に、頬に、肩に、宙人は丁寧《ていねい》に触れていった。

「明日」

ふと、触れる手を止めて宙人が双葉の目を覗く。

「『風の又三郎』、読んであげてもいい？」

「明日なのかい？」

「明日だよ」

笑って宙人は、もう一度キスをした。

くちづけは唇の端に触れて、やがて頬から顎《あご》を辿って、耳元から首筋に下りていく。

掠《かす》れた声が零《こぼ》れそうになるのに、双葉は堪えた。

大きな掌《てのひら》が、双葉の肌を確かめるように触れていく。

一月以来、宙人は双葉に触れていない。もう覚えている宙人の手で、唇で、触れられたかったと双葉はわかった。

「ん……っ」

ローブは剝《は》がれて、ベッドの下に音もなく落ちる。

宙人はTシャツを脱ぎ捨てたけれど、少しも先を急がなかった。

急がない宙人が、けれどいつもより早く息を上げて高ぶっているのは、熱の籠もった双葉にもわかる。

「……そんなに……ゆっくり」

体中を宙人は、触れて、くちづけていった。

今日目の前で他の男に強く抱きしめられるのを見たからではないと、どこまでもやさしい愛撫が双葉に教える。

怖かったところを、宙人は探しては撫でていく。

それはでも、もしかしたら最初からだったのかもしれない。

「ゆっくり、したいんだ」

肩に、胸に唇を寄せて、双葉の足を宙人は撫でた。

「……ん……」

何を宙人が知っていたわけでもない。きっと最初の頃は。

足の内側に、指が触れる。撫でながら双葉を安心させるためにまた、宙人はキスをした。

「……っ……」

——何もできないいや。

双葉の誕生日の夜さえ、言葉通りただ背中から抱いていた。

怯える肌が弛緩《しかん》しなければ、宙人はどこでも引いてしまうのだろう。肌から怯えが消えるまで、触れて、キスをして、怖いこと恥ずかしいことはしないと双葉に伝わるまで最初から、長い時間をかけたのだろう。

「僕は」

長い指が体の中にゆっくり入ってくるのを、息を吐いて双葉は受け入れた。

「……ずっと、……ん……」

緩む場所を焦らずに探して、宙人は緩慢な動きで繰り返し撫でる。

「……なに?」

その指の動きさえ止めて、宙人は双葉の瞳を覗いた。

「本当に抱き合うことは」

もう見覚えた肩に、双葉も指を伸ばす。双葉の指の方が、ずっと幼くて拙《つたな》い。

「とても、恥ずかしくていけないことだと思っていた」

「今も、そう思ってる?」

尋ねてくれた宙人に、声を出したかったけれど息が途切れた。

首を横に振って見せる。

止まっていた宙人の指が、また双葉の体温を変えていった。

「いけないことは、怖かった」

怖いなどと決して、自分は言わないだろうと双葉は信じていた。

いけないことだから目の前で愛する人が叩かれるのだと、双葉は間違えて覚えてしまっていた。

いけないことなら罰されると知って、抱き合うことは怖いことでしかないと歪んで覚えていた。

「もう、怖くない?」

問いかけながら指を、宙人が引く。

「僕は君を」

ようよう双葉の声が、宙人を探した。

「ずっと待ってる。今」

教えることに、恥ずかしさも怖さも、罪悪感もない。

「……俺、がんばって我慢してるのに。そんなこと、言わないで」

声を熱に掠れさせた宙人の頬に触れて、双葉は先を望んだ。

望まれていると確かめて宙人が、双葉の肌を分け入っていく。

「んあ……っ」

自分の声が耳に届くと、やはりそれは反射で羞恥《しゅうち》を伴った。

「怖い時は、絶対言って」

もっと早くしたいのだろうに双葉の体を両手で抱いて、宙人は時間を掛けて離れていた肌を一つにする。

「……あ、……ん、あ……っ、もっと」

口走った言葉に、双葉は唇を噛み締めた。

どちらの熱なのかわからないほど体が同じになって、宙人が双葉を抱き込む。

「ん……っ、んあっ」

喘《あえ》ぐ声を止められずに、宙人が一番深いところにきた刹那《せつな》双葉は肌を濡らしてしまった。

「……っ……、あ……っ」

こんなことは初めてで、怖さより戸惑いに指が頼るものを求める。

すぐに宙人は、何も言わずに指に指を絡めた。

またゆっくりと宙人は、双葉の体と交わりながら時々瞳を確かめている。

「君の、好きにしていいのに」

なんとか声を、双葉は漏らした。

「やだよ、そんなの」

息が上がっているのに、宙人は双葉の望みを探している。

「僕が、そうしてほしいんだ」

泣いているような声が、宙人を求めた。

それが本当だと信じられたのか、宙人は双葉の体を少しだけ強く抱く。

「……あぁっ」

少しだけ、少しだけと、宙人は確かめることをやめなくて、それが余計に双葉の意識を体の外に投げ出させた。


長い時間抱き合って、長い時間二人で眠った。

起き上がれずにいれば宙人《そらと》が自分を見ているのがわかって、また眠りに堕ちて。

真昼を迎える頃に、やっと二人はデッキで食事をした。

「どうしたの？　最近ちょっとヘルシーだったのに」

宙人の好きなスクランブルエッグに、最近作り置きすることが習慣になっていた本当は冬の煮込みであるカスレを添えてパンもたくさん焼いた双葉《ふたば》に、宙人が尋ねる。

「好きに太りなさい」

「もう。意味わかんないよー！」

「わからないの？」

そんなはずはないと、双葉は笑ってコーヒーを飲んだ。

ウッドデッキでは、宙人は必ず眺めのいい席に双葉を座らせる。四月の庭は、沈丁花《じんちょうげ》が終わり掛けて、木蓮《もくれん》が赤かった。去年まで花梨《かりん》に巻き付いていたあけびの蔓《つる》は、宙人が作った棚にきちんと絡んでいる。

少し気の早いこでまりが、愛らしく揺れていた。

「おいしい。スクランブルエッグ」

庭を眺めてゆっくり食事をしている双葉よりも早く、宙人がスクランブルエッグを食べ終える。

「ねえ。お父さん読んでくれたの、三郎が転校してきたとこまで？」

「そうだよ」

「じゃあその続きから読むね」

ごはん終わったらと、宙人がパンを食《は》んだ。

何故《なぜ》続きからと宙人が言ったのか、父が読み聞かせたところを確かめたのか、双葉にはわかった。

唯一、たった一度父の声で覚えた音を、大切に残そうと思ってくれたのだろう。

「……ありがとう」

呟くと宙人は、不思議そうに瞳だけで笑った。

――俺の気持ち、双葉さんたくさん考えてくれてる。

昨日、宙人は双葉にそれが嬉しいというように言った。いつの間にか、双葉も宙人の感情に寄り添えることが増えた。考えられるようになっていた。

花瓶の水に宙人が注ぎ込む愛情が、呑みつくせない。けれど溢れていた水を少しずつ少しずつ吸い上げて、いつの間にか双葉が持っていた蕾《つぼみ》もゆっくりと膨らんでいるのかもしれない。

オペラシティで双葉の目の前に見えていたのは、誕生日に宙人がくれたやさしい色のラナンキュラスだった。

「そういえば、後で一緒に木瓜《ぼけ》の花を見よう。そろそろ終わってしまうから」

「俺が最初に植えた花だ」

「……その花を植える穴を掘ってもらって、あの時は君を殺して埋めようと思ってた」

今ではとても信じられないと、ため息とともに双葉が宙人にそれを教える。

「……銃で撃ち殺そうとしたとき?」

さすがに真顔になって、そういえばそんな頃もあったと、宙人も食事の手が止まった。

「あの時はまだ銃を持ってなかった。君を殺してしまわなくてよかったよ」

殺してしまったら宙人がいなかった。今双葉が思うのはそれだけだ。

「当たり前だよー！」

「それはそうだけど」

見慣れた、幼い顔をした宙人に、双葉がくすりと笑う。

「俺だって殺されたくないけど。双葉さんが人殺しになっちゃうじゃん。やだよ。そんなの絶対ダメ」

口を尖らせて、思いもしなったことを宙人は言った。

自分が人殺しになることを案じられるなどと想像できなかったので、双葉は言葉が見つからない。

まだ花瓶の水は溢れる。これからもきれいな水を、宙人は注いでいく。今は飲み干せなくても、双葉はそのきれいな水を呑んでこの光の降る庭のようにいつかは花を咲かせられるだろう。

やさしいラナンキュラスのような、きれいな花を。

「いけないことだったね。一つずつ、覚えていくよ」

きっともっと、わかっていないことは尽きないのだろうと双葉は息を吐いた。

「双葉さんちゃんと知ってるよ。もともと持ってる。思い出してるだけ」

なんでもないことのように、宙人は教えた。

持っていたのに自分で頑《かたく》なに閉じ込めていたやさしい色を、宙人と一緒に一つ一つ、取り出して見ている。

そんな気持ちになって、双葉はまた光の方角を眺めた。

もう、あの美しいけれど冷たい銀河鉄道には乗っていないのかもしれない。もしかしたら誰も。

凍るように美しい永遠を旅する少年が誰もいないことを、双葉は心から望んだ。あの人も駅に降りてどうか自由になっていてほしいと、祈りのように願った。

また、あの人のこと考えた。双葉の一部だから、きれいだから捨てなくていいと、目の前で朗《ほが》らかにパンを食べている恋人が言ってくれた。

風が吹いて何処《どこ》かで枝を離れた白い花びらがテーブルに届くのに、二人で笑う。

きっとこの花びらの色は、二人ともが今等しくきれいな白に見えていると、信じられる。

宙人と抱き合って眠った朝に、双葉は何も、夢を見なかった。

ドリアン・グレイの『道』と『星の王子さま』

平常心を取り戻すのは無理だった。

何故《なぜ》なら双葉《ふたば》にとっての長い長い平時には、もう帰れないからだ。

否、帰れないのではない。

その日々にはもう、帰らない。


「どうしてみんな、そんな格好で来たのー？」

五月の光の降る庭、鎌倉《かまくら》の双葉の館のウッドデッキで、家主の愛人と世に知れ渡る伊集院《いじゅういん》宙人《そらと》はいつもの髑髏《どくろ》Tシャツでキョトンとしていた。

どうしてと愛人に問われたのは、作家の東堂大吾《とうどうだいご》、その情人で歴史校正者の塔野正祐《とうのまさすけ》、ここに居合わせる人々とは距離のあるただの歴史校正者を名乗りたい篠田和志《しのだかずし》だった。

「本当に、そんなにかしこまらなくても。先に葡萄《ぶどう》のジュースでも飲んでいて」

この館の主である双葉は、苦笑して五人分のグラスに冷たい葡萄のジュースを注いだ。

よいものを選《え》りすぐって配達してくれる地元の食材店が、今回の箱の中に入れてくれたものだ。甲州《こうしゅう》のワイナリーが出している繊細なボトルだった。

「どうしてと言われてもだな」

大吾はダークグレーのシャツに墨色のジャケットを纏《まと》っていた。

「私は、白洲《しらす》先生のお宅にご招待されたので」

それでいつもの鼠色のスーツに、正祐はネクタイまで締めている。

「同じく。自分は歴史校正会社庚申社《こうしんしゃ》の社員ですから」

今日は深縹色《こきはなだいろ》のつるの眼鏡を掛けた篠田は、ガンクラブチェック柄のジャケットに麻のシャツで決めてしまっていた。

「君、なんとお伝えしたの」

早速きれいなまさしく葡萄色のジュースを、デッキチェアに座って飲もうとしている愛人に、少々咎《とが》める口調で双葉が尋ねる。

「ふ……絵一《えいち》さんが、おうちでごはん食べませんかって言ってるよって」

「まあ、だいたい合っているね……。ただ、そんな盛装できていただけるようなものはご用意できていないので、心苦しいのだけど」

三人を招いた双葉は、白いシャツに薄いブルーグレーのパンツで、ダークネイビーのエプロンをしていた。

「正直、何故呼ばれたのかわからんからこの盛装なんだ。白洲絵一がランチに人を招くこと自体が俺には天変地異だぞ」

広く健やかに五月の花を咲かせる庭を眺めて、ゲストとしてその庭がよく見える奥の席の真ん中に並ばされた大吾は、場違いなジャケットが嫌になって正直に言い捨てた。

「そうか。それは申し訳なかった。みなさん、楽になさってください」

「できるか!」

「難しいです……」

「同じく自分もです」

大吾の勢いに力を借りて、正祐も篠田も、「それは無理難題」と首を振る。

「葡萄ジュースより、ビールがよかったかな」

肩を竦《すく》めて、双葉は母屋《おもや》に入った。

言葉の通りビールを出したかったが五人で呑めるほど買い置きがなく、仕方なく新しいボトルと人数分のグラスを並べる。

「お手伝いする」

いつの間にか後ろにいた宙人に、「頼むよ」と双葉は笑った。

シャンパンクーラーに入れたシャンパンと細いシャンパンフルートを、二人して庭に運ぶ。

「いったいどういうつもりだ……」

鎌倉の瀟洒《しょうしゃ》な邸宅で、庭を眺めながら真昼にシャンパンを振る舞われる謂《い》われはないと、大吾は訝《いぶか》しんだ。

庚申社社員という立場上無言の正祐と、篠田も同じ気持ちだ。

「特に説明しなくて申し訳なかったけれど」

派手な破裂音は苦手で、布を掛けて静かに双葉がシャンパンを開ける。

「この間、『ルネ・クレマン映画音楽コンサート』のあとこの面子《メンツ》で食事をしようと東堂先生が誘ってくれただろう？　それが僕のせいで反故《ほご》になったので、お詫びと代わりのつもりでうちでランチでもいかがですかとお誘いしたんだよ」

「そうだったんだ？」

肩を竦めて、すぐに瓶から溢れるきれいな泡を、五つのシャンパンフルートに注いでいった。

理由は知らなかった宙人が、目を丸くして均等にシャンパンが注がれたグラスをそれぞれの前に置いた。

「それは、驚きました。ご丁寧にありがとうございます」

思いもかけない理由に絶句した大吾を待たずに、篠田が頭を下げる。

「あの後は鳥八《とりはち》に行こうとしてたんだ」

代わりが真昼のシャンパンとはと、大吾も困惑が解けて苦笑した。

「きれいな金色の泡ですね」

あまり呑み慣れないシャンパンを見つめて、正祐も頭を下げる。

「西荻窪《にしおぎくぼ》の駅前の。一度東堂先生と塔野くんと行った店だね。鳥八。あのお店ほどおいしいものはないけれど、ゆっくりしていってください」

ホストらしい挨拶《あいさつ》をして、双葉は手に取ったグラスを軽く掲げた。

合わせて四人もグラスを持つ。

冷たい一口目をそれぞれが喉に通して、思いの外穏やかに白洲絵一邸の午後は始まった。


「伊集院。おまえ、間違いなく太るだろうな」

そんな盛装できていただけるようなものは用意できていないのでと双葉が言った、スクランブルエッグ、ローストビーフ、カスレ、鰯《いわし》のレモンマリネを一通り堪能して、大吾は言った。

「それは……」

なんで⁉　といつものように軽快に言い返せない宙人は、大吾が何を言いたいのかよくわかる。

「鳥八とはまったく違う趣《おもむき》の、とても一般家庭でいただいているとは思えない食事です。特にとろとろのスクランブルエッグがもう……未だバケットが止まりません」

この場できっと自分も肥えると、正祐は言葉通りバケットをまたいただいた。

「本当に。カスレを店以外の場で食べることがあるとは思いませんでしたよ。南フランスの家庭料理とはいえ」

ここは鎌倉のはずと、篠田がしみじみと軽めの白ワインを呑む。

「驚きの料理上手だな、白洲。伊集院、よかったな！」

半分以上は嫌味で、大吾は濃い赤ワインを喉に通した。

「ふた……絵一さんのごはんなんでもすっごくおいしいんだよ。すっごくおいしいの」

とりあえず褒められた方だけを受け取って、「自慢」と宙人が胸を張る。

「家庭料理じゃないいな、これは。上等で繊細な洋食だ。年上の愛人がなかなか出会えない味わいの皿を作る」

「そんなに羨ましいですか」

その言葉までは行きつかせず、氷の平原のように正祐は大吾を見つめた。

「毎日食うと肥る。数年後の伊集院を見てみろ」

「毎日食べてないし。それにふた……絵一さん自分のごはん毎日自分で作ってるけど太んないよ」

不公平、と宙人が子どもっぽく頰を膨らませる。

「白洲は何を食っても千年も万年このままだろうさ。それにしてもおまえ、白洲を呼ぶときなんでいつもガキみたいになるんだ」

今気づいたわけではないだろうことを、大吾が言った。

白洲絵一は、双葉の筆名だった。

筆名で文筆をする者は少なくない。だが双葉の場合、本名が先日まで官房長官だった父や、現職の代議士である兄と同じ苗字であることは、隠し通してきたことだ。

「年下だから」

そうした理由よりも宙人は、双葉が本名を秘していることをどんな時も尊重してくれていた。

「何を食ってもって、君。一人のときにはもっと簡単なものを食べているよ」

「どんなの？」

双葉は大吾に言い返したのに、宙人が興味深そうに尋ねてくる。

「トーストや卵やサラダだよ」

肩を竦めて双葉は、自分のグラスを取った。

「トーストですか……しかしバターが素晴らしい風味とコクですよ。この庭を眺めて食べると、より味わい深いですね」

主に大吾が原因を作っているきな臭さからなんとか遠ざかろうと、篠田がバターと庭を語る。

「いつの間にか白洲邸の庭は薔薇園《ばらえん》のイメージになっていたが、それは鎌倉文学館だったな。これはこれで本当にいい庭だ」

篠田につられて庭を見た大吾が、珍しく素直な言葉をよこした。

「僕は背の高い薔薇はあまり好かないんだ。この庭は彼がよく手入れしてくれてる。もうすぐ一年だね」

何年もろくに手入れしなかったのに、一年で瑞々《みずみず》しくなるのは不自然なことだと最近双葉は宙人の祖父に教えられた。

「いわゆる緑の指だな」

二年前のこの庭を覚えているからか、大吾は双葉と同じ思考を通ったようだった。

「言われれば、背の低い愛らしい薔薇は門扉《もんぴ》のところに咲いていましたね。でもそこに、一株だけ背の高い薔薇が」

ふと正祐が気づいて、濃い紅色の薔薇を指す。

「え……？　君、また」

時々宙人が自分の了承を得ずに植える花だと気づいて、双葉は愛人を振り返った。

「ごめん！　これどうしても植えたくて！」

丁度一輪大ぶりの花を咲かせている薔薇は、森に近しいこの庭にまた違う存在感を放っている。

「『星の王子さま』ですね」

人の心にはとことん疎《うと》い正祐が、小説には聡《さと》く微笑《ほほえ》んだ。

「そうなんだ」

照れて宙人が笑うのに、皆、無言になる。

アントワーヌ・ド・サン＝テグジュペリの名作「星の王子さま」には、王子さまを悩ませる最愛の恋人が登場する。それはこんな色をした薔薇だ。

誰も何も言わないのはありがたいが、双葉はさすがに恥ずかしく、俯いてワインを呑んだ。

「この庭でこんなうまいメシを食う日がこようとはな。それにしてもあんたは洒落者《しゃれもの》だよ。ワイン、あの日のコンサートと合わせたんじゃないのか？」

武士の情けという風情《ふぜい》で無理やり話を変えて、大吾がワインのボトルを摑んでエチケットを見る。

「ああ、よく気づいたね」

宿敵であったはずの東堂大吾に向かって「さすが」と言えるだけの度量は双葉にはまだなく、だがその通りだと頷いた。

「どういうことですか？」

「ルネ・クレマンの映画音楽祭だっただろう？　クレマンはボルドーの出身だ」

エチケットを示した大吾だけでなく、頷いている篠田も双葉の趣向には気づいていたようだ。

「知識としてはなんとか結びつきますが、私には高度過ぎます。きっとこのワインも私などにはもったいないものなのでしょう。ワインがわからない私にさえおいしいです」

困ったように、正祐が首を傾ける。

「なんのことー？」

一瞬堅苦しくなった空気を、すぐに宙人はいつもの音引きで溶かしてしまった。

「コンサートの後にするはずだった食事の代わりのつもりだから。あのときの映画監督の出身地のワインにしたんだよ」

丁寧に説明した双葉に、宙人が「へえ！」と幼い声で言ってワインを呑む。

「気づいたものの、俺にも過ぎたもてなしだ。篠田さんは静かに楽しんでるようだな」

「滅相もない……いえ。実は楽しんでいました。あのときの音楽を蘇らせながらいただいています」

ここはもてなされた身として言葉にするところだと思ってか、篠田にしては賛辞に熱が入った。

「『パリは燃えているか』は高揚《こうよう》した。創作意欲が湧くもんだな。存外単純な自分に呆れるよ」

「パリは燃えているか」はドラマチックな音楽で、それもグスターボ・ドゥダメルが指揮したのでさぞかし高揚しただろうと双葉は大吾の言葉を羨ましく思った。

同じ場で聴いたはずの双葉はそれどころではなく、せっかくのドゥダメルの指揮をほとんど感じられていない。

「疎い私にも素晴らしい演奏会でした。『太陽がいっぱい』だけ何か異質に思えて、逆に心に残っています」

音楽もワインもわからないが、美しいことと素晴らしいことだけはなんとか感じられる気がすると、正祐は遠慮がちに言った。

「それは……よく気づいたな」

「物語的に聴いたんですかね」

その正祐の言葉に、大吾と篠田が感心する。

「異質なんですか？」

不思議そうに、正祐が訊き返した。

「『太陽がいっぱい』の音楽を担当したニーノ・ロータはイタリア人で、フランス的過ぎるという理由でクレマンとはそりが合わなかったそうだ」

有名な話だと、大吾が簡潔に説明する。

「それでも『太陽がいっぱい』は、自分にはとてもニーノ・ロータ的に思えますがね。『ゴッドファーザー』とも近しい曲調で」

音楽に造詣《ぞうけい》が深いのか、篠田がわかりやすいことを言った。

「だが『道』の音楽を聴くと、フェリーニには寄り添っているように感じるがな」

「それは自分も異議なしです。フェリーニには敬意があるものでしょう、アーティストは」

「わかんないー、ぜんぜんわかんないー」

双葉の隣で、つまらなそうに宙人が足をばたつかせる。

「『道』は、一緒に観た映画だよ。ザンパノという男が、裸の胸に巻いた鎖を力んで切る芸をする」

隣を見て、「ほらこの間の」と双葉は宙人に言った。

「観た……ジェルソミーナがめちゃくちゃかわいそうなやつ……」

「『道』の監督のフェリーニはイタリア人で、『道』は『太陽がいっぱい』と同じ音楽家が映画音楽を作曲している。その音楽家が『太陽がいっぱい』の監督とは気が合わなかったけれど、『道』の監督にはどうやら敬意があったと。そういう話のようだよ」

なるべく平易に、双葉は宙人に説明した。

「あんたも映画が好きなんだな」

「そうだね。とても好きだ」

大吾に問われて、傍らにいる愛人が自覚させてくれた「好き」に双葉が頷く。

「俺も映画は好きだ。塔野が芸事を嫌うので一人で観に行ってるが。……そういえば観に行く数が減ったな」

交際相手との関係性や在り方に大吾は無自覚に赤裸々で、最早皆そういうものだと思って聴くしかなかった。

「それは、いけません」

自分といるから映画鑑賞が減ったというのは、正祐には看過できない。

「俺もそう思った。今気づいたんだ。白洲は『道』を伊集院と観たのか。何処《どこ》かでリバイバルでもやってるのか？　映画館で観たい名画だ」

やっているなら観たいと、大吾が双葉に問う。

「映写機のある部屋があるんだ。そこで観た」

館を示して、双葉は答えた。

「今すぐ上映会を催してほしいくらい羨ましい話です。自分も『道』は本当に好きですねえ」

「ええええー。篠田さんが?」

不満と不納得と驚きをあらわに、宙人が声を上げる。

「どんな映画ですか?」

とりあえずこの場でこれだけ感想が出る物語に、正祐は興味を示した。

「まあ、おまえは観ないか。あれはアンソニー・クインのための映画だと俺は思うが」

主演で名優の名を、大吾が口にする。

「それを言うなら、ジュリエッタ・マシーナのための映画とも言えるんじゃないですか? 監督フェリーニの妻ですよ」

乱暴な大吾の解釈に、篠田は異を唱えた。

「二人の映画だな。ザンパノという、怪力を芸にしてオート三輪で旅して回っている乱暴な大男がいる。前に買った女が死んだんで、今度は少し頭の弱い妹のジェルソミーナを母親から買う。助手として、妻として」

「導入だけで随分な話ですね……」

「そういう時代の話だ。ザンパノは愛情の示し方がわからない。ジェルソミーナを大事にしないが、ジェルソミーナはザンパノが好きだ。だがザンパノが道化を殺してしまったんで、ジェルソミーナは気がふれてしまう。仕方なくザンパノはジェルソミーナを捨てて、後に捨てた場所に戻るとジェルソミーナは捨てられた後すぐに死んだとわかる」

大吾は全く嘘を吐いていないが、あまりの筋に正祐は絶句していた。

「映画じゃなくて、もしこれが小説だったならおまえは評価するさ」

「しかし映画だよ。それに、映画でなければ表現できない物語だと僕は思うけれど」

大吾が正祐を窘《たしな》めたことには納得したが、そこはパラドックスとも言えると双葉が口を挟む。

「あんたは評価してるんだろう？　塔野に『道』の素晴らしさを聴かせてやってくれ」

嘘はないがあらすじだけで「道」を正祐に決めて欲しくないと、大吾は双葉に乞うた。

「……小説ならと言われると、少しは腑に落ちますが。もう少し詳細な評価があるなら聴きたいです」

大吾の言い分もわかるものの、正当な評価が見つけにくいあらすじに正祐は不満そうだ。

「僕が初めて『道』を観たのは子どもの頃だ。家族と観てね。その時僕は、道化を殺したザンパノを許さないで狂ってしまったジェルソミーナが酷《ひど》いと思った」

「え」

「俺はそれは同意できん」

短く悲鳴のようにもれた正祐の声を聴いて、大吾は双葉の言葉に首を振った。

「あ、自分はわかりますよ。自分も学生の頃に観たときに、白洲先生と近い感想を持ちました」

右手を上げて篠田が、二票目を表明する。

「まったくわからん」

「あらすじだけ聴いた私もわかりません」

「観たばっかりの俺はふた……絵一さんにそれ言われてすっごいびっくりした。ジェルソミーナがかわいそう！」

大吾と正祐の力を借りて、宙人はジェルソミーナへの同情を繰り返した。

「だから、子どもの頃はそう思ったという話だよ。多分、『禁じられた遊び』と同じ頃にリバイバルを観たんだ。あの頃の映画は辛《つら》い別れの映画が多くてね。ジェルソミーナが許してくれたら、ザンパノとジェルソミーナは一緒にいられたのにと思ったんだ」

「なるほど」

皆まで聴いて、あっさりと大吾が頷く。

「なるほどってどういうことですか⁉」

あらすじしか知らない正祐は、そんな理不尽な非倫理的なと、宙人に負けない悲鳴を上げた。

「おまえは観ていないから……ザンパノは、言われればかわいそうな男だ。ろくでもないが、学ぶ機会を与えられずに、生まれ持った怪力だけで生き抜いてきた男だ」

頭を掻《か》いて、少しやわらかく大吾が正祐に語る。

「きっと、親からの愛情も何も知らないと僕は思う。だから人の愛し方がわからない。それでもジェルソミーナを愛していた。ジェルソミーナを喪《うしな》ったと知って、泣いていたよ」

三票目に覆《くつがえ》った大吾に、双葉は補足を入れた。

「俺がザンパノならジェルソミーナ捨てないもん」

あくまで宙人は、双葉のザンパノへの同情を不服としている。

「自分は、ジェルソミーナが道化を殺したザンパノをまったく許せなかったから捨てるしかなかったんだと思いますよ。仕方なく捨てたんです。人殺しでも赦《ゆる》してくれる人はいるでしょうけれど、ジェルソミーナは多くを考えられない分純粋だったんでしょう」

「篠田さんがそんな……」

誰から見ても道徳観の安定した男と名高い篠田は、隣にデスクを置く同僚の正祐にとっては日頃倫理の教科書のような存在だ。

「正しさと愛情は、できれば別のものであってほしいと思うという話だ」

その期待は裏切らず、篠田が安定の道徳観を示す。

「そうかもしれないけど……」

篠田が言った意味は、駄々をやめない宙人にも響いていた。

「ただ、今の僕は」

泣き出してしまいそうな隣の愛人を、無意識に双葉は撫でてやりそうになる。

「正しさと愛情が一緒なら、それにこしたことはないと。そう、思っているよ」

願っていると、小さく双葉は付け加えた。

双葉が宙人を撫でなくても、目の前の三人には今双葉が愛人にもたらされたものを打ち明けたのだとわかる。

当の宙人だけが、不思議そうな目をして、けれどやっと笑った。

「今度観てみるか、『道』」

芸事には情人を誘わない大吾が、正祐を振り返る。

「……自分がどう思うのか、怖いです」

「そうだな。俺も今の白洲と篠田さんの話を聴いたら、ザンパノにもっと同情する気がして怖い。いずれにしろ凄い映画なんだよ、『道』は」

感嘆を込めて大吾が息を吐くのに、もちろん双葉に異存はなかった。

「映画も本と近しいな。観た時で感想が変わる」

「何度も観たくなる映画は名画だね。あり得ないことだけれど、ザンパノにもジェルソミーナにもそれぞれもう少し生きられる相手がいた気がする」

幸せになれるとまでは言えず、ただ「生きられる」と双葉が言葉にする。

「ふ……絵一さん」

双葉から『道』の新しい感想を聴いて、宙人は嬉しそうだった。

笑い返そうとして、双葉が気づく。

宙人が「絵一さん」と三人の前で呼ぶたびに「双葉さん」と言いかけて、言葉がたどたどしく聴こえることを彼らが不思議に思いながら言わずにいると。

さっき大吾は一度、宙人に問いかけた。

名前を呼ぶたび口ごもる宙人は、意味がわからなければ滑稽《こっけい》に映るかもしれない。

「筆名を持つ作家は多いが」

前置きせず、穏やかに双葉は、大吾と正祐と、篠田を見た。

「みなさんが知っている僕の名前は筆名だ。白洲絵一は本名じゃない」

同姓同名の代議士が誕生したので、やがては何かしらで話題になる可能性もあるとは気づかないまま打ち明ける。

「本名は、双葉といって」

名字は伏せて、双葉は傍らの愛人の肩に手を置いた。

「彼は僕を普段そう呼んでいるから、人前で名前を呼ぶときに一瞬惑《まど》うんだ。いいよ、今は双葉でも」

ね、と。

自然とやさしく、双葉は宙人に笑いかけた。

最近では双葉の目の前の三人は、宙人をそんなに軽んじる様子でもない。それでも、自分の名前を呼ぶときに惑うのが愛人の拙《つたな》さゆえだとは思われたくなかった。

驚いた目をしているのは宙人で、不意に、見開かれた瞳から涙がポロポロと零れ落ちる。

「……どうしたの」

「理由、いっぱいある」

止まらない涙の訳を、宙人は「いっぱい」と言った。

大吾も正祐も篠田も、双葉の告白と宙人の涙を一度に浴びせられて、ただ沈黙している。

「泣いてる理由の十個のうちの一つは、俺だけが双葉さんの名前知ってたのにっていう理由」

言葉のようには、泣いている宙人の声は幼くない。

「もう一つは、そんなこと考える俺サイテーっていう理由」

なら後八つはと問わずに、宙人が語るのを黙って双葉は聴いていた。

「残りのたくさんは」

宙人の言葉に、双葉は信頼がある。

「双葉さんが自分の名前、言えたから」

嬉しくてと、くしゃりと宙人はまた泣いた。

宙人の言葉に、双葉は信頼がある。必ずやわらかで光の方を向いていると、もう知っている。

この庭のように。

「……僕は蛇に、嚙まれなくてはいけないね」

それでも喉が痞《つか》えそうになって、なんとか泣かずに双葉は薔薇を見つめた。

「離れなければいいんだよ」

星の王子さまは、わがままな薔薇のもとに戻るために、蛇に嚙まれる。

「そうだった。君はあの薔薇のように僕を困らせない」

「本当か?」

いい加減にしてくれという思いも込めて、大吾がなんとか口を挟んだ。

「そうだね。少し嘘を吐いた」

気まずそうに、けれど他者の愛情を見るまなざしでいる三人に、双葉が笑う。

「だが、少しだ」

指を伸ばして、双葉は宙人のきれいな涙を丁寧に拭った。

「俺たちに名前を教えてよかったのか?」

こういう時にも素朴な疑問を不躾《ぶしつけ》に投げた挙句酒を呑んでいるところは、双葉にとって大吾の好ましいところとならざるを得ない。

「ああ。本名を呼んでいただきたいとは思わないが。今日、僕が君たちを招きたいと思ったのは」

ふと、素直に打ち明けようと双葉は思った。

「一月に五人で食事をしたのが、楽しかったからだ」

涙の先の人が、きっともっと幸いを知ってくれる。

「一つのもの以外、何も持たずに長い時間を生きてきたのだけれど。愛人を得て、僕は変わって……いくようだよ」

変わってしまったと言いかけて、言葉を置き換えた。

変わっていく。一人の人以外何も持たなかった闇夜を出て、光と水を与えられて緑を揺らすこの庭のように。

まだ光は随分と眩しいけれど、それでも自ら望んで双葉は変わっていく。

「愛人を得て、そして友人か。口幅《くちはば》ったいが、まあ、悪かないさ。今までと何が変わるわけじゃないがな」

こうして集い酒を呑んで語らうのは今までと同じだと、大吾は肩を竦めた。

「私……『道』を観てみます。とても興味が湧きました。なので」

庭を背にする双葉と宙人を見つめて、正祐が遠慮がちに言う。

「次回は、そのフェリーニの会を催しましょうか」

はにかんで正祐は、庭に言葉を落とした。

「そうだな。その時はこんな大層な招待じゃなくていい。西荻窪の居酒屋にしよう。気楽だぞ」

「中華も捨てがたいですね。人数が多ければ余計に」

大吾と篠田が、気軽に場を相談する。

「僕らももう一度観ようか。『道』」

フェリーニを語るならと、双葉は宙人を誘った。

「何回観てもおんなじだよ。もし俺がザンパノなら、絶対にジェルソミーナを大事にする。捨てたりなんか絶対しない」

口を尖らせて、感想は変わらないと宙人は頑《かたく》なだ。

「もし俺がジェルソミーナなら、ザンパノに道化を殺させたりしないよ。絶対」

「それはもう、『道』じゃないよ」

頑なな愛人に、双葉は苦笑した。

「だがフェリーニが生きていたら、聴かせてやりたい気がするがな」

「自分もそう思います」

大吾と篠田は、「道」を観て生きること幸いなことを言い続ける宙人に感心している。

「私、今仲間はずれです」

「塔野がそんなこと言うなんて、それこそ興味深いな」

拗《す》ねた口をきいた正祐に、篠田が目を丸くした。

「次は西荻窪で」

駅前の老いた気のよさそうな主のいるカウンターや、黒いワンピースの給仕がいる中華屋を双葉が思う。

「是非、フェリーニを語ろう」

今はこうして穏やかだが、きっと本気で語らううちにそこここで激論になる。何しろテーマはフェリーニだ。

いつからそんな騒ぎが、自分にとって楽しみな時間になったのか。

この庭に、薔薇が植えられて咲いたからだ。そしてその薔薇が散っても、もしも枯れたとしても。

緑が凪《な》ぎ光の降る庭に、双葉はいる。

あとがき

AFTERWORD……………………………　―菅野　彰―


このシリーズ、とても楽しく書いています。

『ドリアン・グレイの禁じられた遊び』は、今まで書いてきたBL小説の中でも一際好きな一冊になりました。なんでしょうね。とても好きです。

宙人《そらと》がんばったね。がんばった！

双葉《ふたば》もがんばって生きてるなあと思えて、何よりです。

この二人は『色悪作家と校正者』シリーズに出てきた登場人物たちで、『ドリアン・グレイ』はスピンオフということになります。

更にそのスピンオフの『太陽はいっぱいなんかじゃない』が、『小説ディアプラス』に掲載されています。

言わずと知れた、白州英知《しらすえいち》。お兄ちゃんのその後です。

スピンオフのスピンオフではないか！　となってしまったことには理由があるなあと、『太陽はいっぱいなんかじゃない』を書きながらしみじみ思いました。

今回は双葉や宙人から見えている世界になるけれど、同じ時間を過ごした英知には英知の視界があって、そこは聞いてあげて欲しいと。書きながらそんな気持ちになりました。

双葉と宙人も登場するので、そちらも是非《ぜひ》読んでやってください。

そういえばこの本編を書く前に担当の石川さんに、

「宙人が勝てる気がしません」

と悩みを語ったところ、

「私はそうは思いません」

そうやけに力強く言われて、書いている最中は英知に関しては、

「本当だ！　いやだこの男‼」

と私も思ってしまいましたが……彼にも新しい時間が流れているのであった。

双葉と宙人はそういう感じで生まれたスピンオフカップルではなく、麻々原絵里依先生の美しい挿画がもたらした恋人たちです。麻々原先生、いつも本当にありがとうございます！

シリーズ全体が終わりに向かっていますが、何処《どこ》かでフェリーニを語る会は書いておきたいです。おいしいごはんとお酒の前で、さぞかし揉《も》めることでしょう。

また次の本で、お会いできたら幸いです。

真夏、暑い。／菅野彰

この本を読んでのご意見、ご感想などをお寄せください。
菅野 彰・麻々原絵里依先生へのはげましのおたよりもお待ちしております。

〒113-0024 東京都文京区西片2-19-18 新書館
[編集部へのご意見・ご感想] ディアプラス編集部「ドリアン・グレイの禁じられた遊び」係
[先生方へのおたより] ディアプラス編集部気付 ○○先生

-初出-
ドリアン・グレイの禁じられた遊び：小説DEAR+21年ハル号（Vol.81）
ドリアン・グレイの『道』と『星の王子さま』：書き下ろし

[どりあん・ぐれいのきんじられたあそび]
ドリアン・グレイの禁じられた遊び

著者：菅野 彰 すがの・あきら

初版発行：2022年9月25日

発行所：株式会社 新書館
[編集] 〒113-0024
東京都文京区西片2-19-18 電話（03）3811-2631
[営業] 〒174-0043
東京都板橋区坂下1-22-14 電話（03）5970-3840
[URL] https://www.shinshokan.co.jp/

印刷・製本：株式会社 光邦

ISBN978-4-403-52555-1 ©Akira SUGANO 2022 Printed in Japan